穏やか貴族の
休暇のすすめ。

A MILD NOBLE'S
VACATION SUGGESTION

17

著
岬

TOブックス

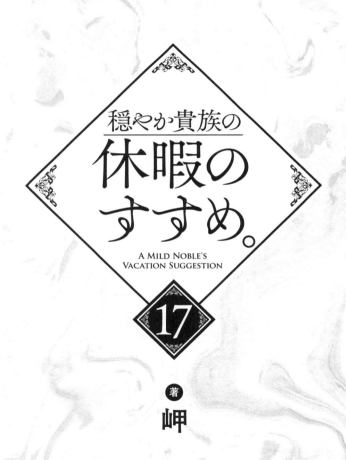

もくじ

穏やか貴族の休暇のすすめ。
A MILD NOBLE'S VACATION SUGGESTION
17

CONTENTS

イラスト：さんど
デザイン：TOブックスデザイン室

A MILD NOBLE'S
VACATION SUGGESTION

CHARACTERS

人物紹介

リゼル

とある国王に仕える貴族だったが、何故かよく似た世界に迷い込んだ。全力で休暇を満喫中。冒険者になってみたが大抵二度見される。

ジル

冒険者最強と噂される冒険者。恐らく実際に最強。趣味は迷宮攻略。

イレヴン

元、国を脅かすレベルの盗賊団の頭。蛇の獣人。リゼルに懐いてこれでも落ち着いた。

ジャッジ

店舗持ちの商人。鑑定が得意。気弱に見えて割と押す。

スタッド

冒険者ギルドの職員。無表情がデフォルト。通称“絶対零度”。

陛下

リゼルにとっては元教え子兼、敬愛する国王。国民からの愛称は元ヤン国王（“元々ヤンチャしてた国王”の略）。

ナハス

アスタルニア魔鳥騎兵団の副隊長。最近はパートナーとの穏やかな日常を送る日々。少し物足りなさを感じる自分に抵抗中。

アインパーティ

リゼルの手を借りて迷宮初踏破を果たした若い冒険者たち。冒険者歴は大分先輩なのに何故か後輩ポジをゲットした元気な四人組。

176

ジルがイレヴンにそれを話して聞かせたのに他意はなかった。

三人部屋、もとい絨毯《じゅうたん》の上で安眠する一人を入れて四人部屋。夜もとっくに更け、ランプだけが光源の部屋でジルは一人、寝酒とばかりに晩酌中であった。部屋の住人の一人であるリゼルはというと、珍しく早めに読書のきりがついたのか、三つ並んだベッドの真ん中で熟睡している。小さく上下する毛布をなんとなしに眺めながらグラスを傾け、それから視線を床にずらせば、リゼルの足元側で丸まって寝ているクァトの後頭部が見える。

床で丸まる人間を、珍しいことでもないと酷《ひど》くあっさり許容したのは宿屋の夫婦だった。彼らの波乱万丈であっただろう冒険者時代が少しばかりに気になってしまう。恐らくだが、クァトの出身地である群島にも訪れたことがあるのかもしれない。

そうして過ごすうちに、出かけていたイレヴンも帰ってきた。

彼は部屋に入ったその足でジルの正面に座り、慣れた手つきで空間魔法からグラスを取り出すやいなや勝手にジルの酒を飲み始める。当然のような態度に、外でも似たようなことをしているのだろうと容易に想像ができた。必要であれば器用に愛想を振りまいてみせる男なので、適度に飲んで盛り上がりたい時には余所《よそ》の集団にでも交じっているのだろう。

二人の晩酌は、特に盛り上がりもなく続いた。思い出したように零《こぼ》される話題は大して特別なものでもない。新しい剣の良し悪しだの、良い鍛冶屋《いかじや》はどこだの、たまたま耳にしたリゼルの噂《うわさ》だの、冒険者らしい雑談といえばそれまでの話ばかりだ。——だからだろうか。

ふとジルは、日中にあった出来事を思い出した。

リゼルに起こされ、連れられていった魔法学院。そこで顔を合わせた、いつかの大侵攻の元凶。接触させることに不快感がないと言えば嘘になるが、それを突きつけて反対することには大した意味を感じなかった。リゼルがもし、ジル自身が不快に思うことを知っていて尚実行するのなら、そこにはそれ相応の理由があるのは考えずとも分かっていたからだ。

実際、相応どころか洒落《しゃれ》にならないほどの理由があったのだが。

まさか知らない内に命の危機に瀕《ひん》していたとは思わなかった。全く洒落にならない。遥か過去に引き起こされた空間魔法の暴発、サルスを囲む巨大な湖を作り上げた規模の暴発が万が一にも起こる可能性があったことを思えば、先の対応でサルス全国民の命を救ったことになるのではないか。当然そうならなかった可能性もあるので、断言してしまうと恩着せがましいような気もするが。

とはいえ、その辺りをリゼルが気にかける様子はない。ならば、とジルも思考を放棄する。国を左右するような問題も、恐らくリゼルにとっては日常の一部でしかないからだ。これほど分かりやすい危機はなかっただろうが、元は己の意見一つが常にその規模で反映される立場だったのは疑いようもない。特別視もせず、すでに終わったことだと記憶の片隅《かたすみ》に置いておく程度なのだろう。

だから、ではないが。

ジルにしてみれば納得のいく形で、加えて規模の割には随分と気楽に事が収まったので。

「そういやあいつと会ってきたぞ」

「誰と？」

「大侵攻の奴」

「何、暗いほうの美中年？　来てんだ」

話の流れで、何となくそれを口にした。

全く他意がなかったというと嘘になる。戯《たわむ》れ程度だが多少はリゼルへの意趣《いしゅ》返しもあった。寝ているところを起こされて嫌な奴と対面させられた、そんな突拍子もない行動への意趣返しだ。せいぜい機嫌を損ねたイレヴンの機嫌取りに奔走《ほんそう》すれば良《い》いと、そのくらいの軽い話題のつもりだったのだが。

「何とかの支配者」

「は？」

思いのほかイレヴンがキレた。

彼は瞳孔を引き絞《しぼ》り、口角を無理に引き上げたような歪《いびつ》な笑みを浮かべる。そのまま暫《しばら》く無言でいたかと思えば、音もなく立ち上がった。抑えきれぬ怒気にクァトが飛び起きる。

ジルはそれらを眺め、他人事のようにグラスを傾けながら気づいた。リゼルがわざわざ寝ている自分を起こしたのは、こうなるからだったのだと。ジルとしてはギャンギャンと文句を言う程度の余裕は残るかと思ったが、そんなものは微塵《みじん》も残っていないようだった。

読み損ねたとは思うが、だからどうという訳でもない。これほど癖の強い相手を完全に読みきるリゼルがおかしいのだ。それでも寝ていることとだしと、一応はイレヴンを止めようと口を開いた。

「おい」

「リーダー」

だが、もはやジルの声など届かない。

イレヴンは熟睡しているリゼルのベッドへと歩み寄る。寝ていようが関係なく起こすつもりなのだろう。自我の強さを思えば意外でもないが、それでも普段リゼルを甘やかしがちな姿を思えば珍しい。これではもう何を言っても無駄だ、ジルは早々に制止を投げ出した。

だが、そんなイレヴンに立ち塞《ふさ》がる存在があった。床で寝ていたはずのクァトだ。

彼は起きしなにベッドへと飛び乗り、リゼルを覆《おお》い隠すように獣の体勢をとる。しなやかな挙動はベッドを微《かす》かにしか揺らさない。威嚇《いかく》するように喉の奥で唸《うな》るクァトの背中から音もなく刃の尾が伸びていた。

リゼルを守るように弧を描くそれに、イレヴンが威圧の籠《こ》もった声で告げる。

「どけ」

「……寝てる、から」

クァトもまさか、イレヴンがリゼルを傷つけるとは思っていないだろう。

攻勢一辺倒の彼が専守防衛に回っているのがその証拠だ。戸惑い交じりの警戒、だがイレヴンがそれを意に介することはない。同じように、両者もう一度繰り返す。

「どけ」

「どか、ない、寝てる！」

イレヴンが眉を不快げに顰《ひそ》め、その手をクァトへと伸ばした。

それに存分に不穏なものを感じ、ジルはそろそろ危ないかと口を挟もうとする。

王都の女将《おかみ》は、宿を傷つけられれば冒険者最強相手だろうが物凄《ものすご》い剣幕で叱《しか》りつけてきた。その母親である老婦人がどう出るのかなど想像もつかないが、王都の女将が可愛いものだと思えるほどのえらい目に遭《あ》うに違いない。いい年して幼子のように叱られるのはなかなかに辛いものがある。

そうジルが制止の声を上げる寸前、クァトの下でもぞりと動くものがあった。

「ん……」

まだ目は開かないリゼルだ。

リゼルは片手だけ毛布から出すと、うろうろと彷徨《さまよ》わせた。その手が自らの頭上で揺れる刃の尾に触れると、ぐずる子供を寝かしつけるようによしよしと撫《な》でる。

クァトも宿で流血沙汰《ざた》を起こす気は最初からなかったのだろう。重なり合いながら伸びる刃は一枚一枚がバターナイフのように滑らかであり、無防備に寝ぼけた手を傷つけるようなことはなかった。

無機質な尾に感覚があるのかはジルには分からない。だが撫でられた尾からは力が抜け、鈍色《にびいろ》がぺたりと毛布の上に寝そべっていくのを見るに、撫でられた本人は慈愛の滲《にじ》む触れ合いを気に入ったのだろう。振り返ってそれを見ているクァトも心なしか嬉《うれ》しそうだ。

だが直後、彼はイレヴンの蹴《け》りをまともに食らってベッドから転がり落ちていった。

「……クァト？」

落下音と同時に聞こえた情けない声に、リゼルの意識もやっと浮上してきたのだろう。

リゼルはうとうととした声で呼びかけながら、僅《わず》かに上体を起こして毛布を捲《めく》る。寝ぼけて落ちたと思ったのか、そのまま戻ってこいとばかりにシーツを優しく叩《たた》いた。クァトが床で寝ている姿は見ているだろうに、こちらこそ寝ぼけているのかそこに疑問を挟む様子はない。

それどころじゃないだろうに、とジルは思った。だが、口には出さなかった。

我関せずと傍観に徹する。

「リーダー」

「？」

捲っていた毛布を優しく奪われる。そこでようやく、リゼルは目を開いた。

眠気の尾を引いて薄《う》っすらと開かれたアメジストの瞳が、床の上で肩を落としているクァトを捉え、消えた毛布を探すように宙を彷徨い、ついに振り返ってイレヴンの姿を見上げる。

その瞬間、リゼルが全てを悟ったのがジルには分かった。

「何で俺がヤなことすんの？」

縦に裂けた瞳孔。毒々しくも嗜虐的《しぎゃくてき》な笑みと、声。

それを受けたリゼルが、場違いなほど平静にベッドに腰かけ背筋を伸ばす。もはや堂々とした座り姿だった。その目が現状を引き起こしたジルを一瞥《いちべつ》もしないのは、全身全霊でイレヴンの機嫌を取ってみせるという意思の表れなのだろう。そんなところで本気を見せるなとジルは言いたい。

「………」

ジルは多少はやってしまったかと思いつつも珍しい光景を眺める。

だがやがて、まぁ大体は自業自得だろうと悪びれずに晩酌へと戻るのだった。

イレヴンは今、非常に機嫌が良かった。

昨晩はキレもしたが、知らない内に〝運が悪ければ爆死〟などというタチの悪いギャンブルに巻き込まれていたと聞けば納得はできた。だが納得できたとて、許せるかというと別問題だ。

そもそもジルが世間話にできる程度なのだから、やむを得ない事情があったことなど最初から理解している。それでもキレた。心底気に入らなかったからキレた。支配者云々《うんぬん》というよりも、勿論《もちろん》そちらも大概《たいがい》だが、何よりリゼルが自身を不快にさせる手段を選んだことに苛立《いらだ》った。

他に選択肢がなかろうが、リゼル自身が実行に移したのは事実。

事情など二の次。自分が嫌がることをするから悪いのだ。けれど今回の件も裏を返せば、滅多に落ち度を作らないリゼルに堂々とつけ込める貴重なチャンスなので。

「てことあってさァ」

『あー、そういうとこあるよな』

今、めちゃくちゃ陛下《へいか》に言いつけていた。

結局、深夜に起こしたリゼルは不貞腐《ふてくさ》れたイレヴンの機嫌を存分に取ってくれた。

結果として寝たのも随分と遅くなってしまったので、今日はギルドに行くのを止めておこうという話になっている。いつもどおり早朝から迷宮に向かったジルのみが不在の宿で、他の三人は太陽がしっかりと昇るまで惰眠《だみん》をむさぼっていた。

そんな三人の中で、最初に目を覚ましたのはリゼルだった。彼は身支度を整えて朝食へ。

そんなリゼルに気づいたイレヴンやクァトは、前者はすかさず二度寝に入り、後者は変な時間に起きていた弊害《へいがい》かどうにも起きられずにゴロゴロしている。何せクァトのほうはというと、何故か詰問されるリゼルに付き合ってずっと起きていたのだ。

切っ掛けとなったジルなど、そこそこで寝酒を切り上げ我関せずと一人寝たというのに。

「(朝飯のにおい……)」

イレヴンは枕に顔を押しつけながら寝ていた。

癖となっているその体勢でも、仄《ほの》かに届く香りがほんのり香ばしい。

何の匂いだろうかと、そう思った時だ。

『お、繋《つな》がった』

突如、真横から聞こえた見知らぬ声に目を見開く。

流れるような仕草で攻撃態勢へ。ベッド脇に立てかけていた剣を手に取り、ワンアクションで鞘《さや》を抜きながら斬りかかる。ここまで接近されるまで気づかなかった、イレヴンにとってはあり得るはずもない異常な状況だ。相手の確認よりも先に命を奪おうと剣を振るった。

だがそこで、剣先から数瞬遅れたイレヴンの視界が捉えたものは。

空中に浮かぶ変な四角と、床で寝ていたはずのクァトが脱兎《だっと》のごとく窓から飛び出していく後ろ姿。振るった剣は変な四角に弾かれ、何も理解できないまま咄嗟《とっさ》に距離をとる。そして訝《いぶか》しさに眉を寄せながら、のそのそと部屋を迂回《うかい》するように変な四角の裏側を覗《のぞ》き込めば、そこには一度限りではあるが見たことのある顔があった。

「なんかへーカの絵画浮いてんだけど」

『誰が平面だよ』

「は？　マジのへーカじゃん」

四角の中で不服そうな顔をしていたのは、親愛なるパーティリーダーの国王だった。

イレヴンは怪訝《けげん》な顔をしながらも、ひとまず抜き身の剣を鞘にしまう。全くもって訳が分からない状況だ。訳が分からない状況だが、それでもイレヴンはちょうど良いとばかりに唇の端を吊り上げる。

そうして、四角の真ん前にあるリゼルのベッドに寝転んだ。ついでに頬杖《ほおづえ》もつく。

敬愛する国王にこんな態度をとろうが、リゼルは怒らないだろう確信がイレヴンにはあった。昨晩のこととは関係なく、目の前の国王が本心を伴わない敬意など不要であると考えるからだ。

少なくとも今まで聞いてきた話ではそうだし、リゼルも国王が望まないものを強制しようとはしない。敢《あ》えて不躾《ぶしつけ》な態度をとれば話が別だろうが、イレヴンがいつもどおりに過ごしているだけなら気にしないだろう。

そう、仰々《ぎょうぎょう》しく称えようとは一度も考えたことはない。

違う世界にいる男は、イレヴンにとって〝リゼルの知り合い〟程度の認識だった。

「リーダーがサプライズっつってたのこれかァ」

いつか上機嫌になっていた姿を思い出しながら、イレヴンは「ワームベッドより全然マシ」などと内心で呟《つぶや》いた。あれは少しばかりトラウマになって、暫くは寝る前に必ず毛布を捲って確認したものだ。

以降、リゼルがのんびりと朝食をとっている隙《すき》に、イレヴンは国王へと愚痴《ぐち》りに愚痴った。

リゼルに一体どんな教育をしているのか、開幕そう文句をつけたイレヴンにも国王はやや呆れたように、そして酷く楽しそうに話を聞いていた。そういうところはリゼルと似ている、となんとなく思う。どんな立場の相手に何を言われようと、ひとまず話を聞く姿勢をとるところなど特にだ。

相手によって対応を変える、その切り替えが上手いというべきか。

イレヴンが自国の民ではないというのもあるだろう。異なる世界で自らの権威を持ち出すことに意味を感じないのかもしれない。何にせよ、リゼルの教え子というのを深く納得してしまう。

「別にさァ、リーダーだしベストな手段とってんだろうなっつうのは分かかんじゃん」

『まぁな』

「でも納得できるかっつうと違《ちげ》ぇじゃん。なんで俺を優先しねぇのっつう」

『凄《すげ》ぇこと言ってんぞお前』

「いつでも最優先されるヘーカとは違うんでー」

『あんま苛《いじ》めてやんなよ』

空中から寄越されるあっさりとした物言いに、イレヴンは鼻で笑ってみせる。

これくらい可愛い我儘《わがまま》だろうに。リゼルが可愛がっている年下二人など、いつでも自分たちが優先されると信じて疑わないのだから。各々《おのおの》リゼルに好まれる在り方を変えず、それに胡坐《あぐら》をかくことなく磨き、だからこそ毎度律儀《りちぎ》にリゼルからの親愛を享受《きょうじゅ》する。

リゼルはそれが可愛いらしいが、イレヴンには全く理解ができなかった。イレヴンは気だるげに頬杖をつきながら、装飾のない機能美に特化した椅子に腰かける国王を見上げる。

「苛めてねぇし。ちょい効率的すぎんじゃねぇのってだけ」

『俺がそう躾けた訳じゃねぇよ。ありゃ生粋《きっすい》だぞ』

「やっぱ？」

『自分のアレコレ無視して効率重視で決めたりすっから、手ぇつけ始めてから時々〝この方法は自分にはあんまり合わないのかも〟っつう微妙そぉーな顔してたりする』

「あー、ぽいぽい。リーダーっぽい」

効率は良いし誰が見ても最善手、ゆえに評価は高いがそれはそれ。

国王のためになるという大前提を除けば、リゼルにも好む手段やその逆があるはずだ。それでも最もスムーズに物事が進むよう取り計らうことに慣れてしまっているものだから、手を打った後から感情が追いつくという奇妙な現象が起きる。

とはいえそんなリゼル自身の気分に反して、周囲の反感を最小限に抑えられるのは流石《さすが》のひと言。

関わった者全てにメリットが発生するよう調整する手腕があってこそ。すなわちメリットが用意されていないということは、敵対されようが些事《さじ》であると見なされているか、もしくは完全に身内判定されて甘えられているかどちらかということなので。

イレヴンは、リゼルが支配者と接触という手段をとったこと自体にはそれほど怒っていない。

『割とアホなとこあるよな』

「俺はリーダーのそういうとこ好き」

『は、良い趣味してんじゃねぇか』

「隙がなさすぎても飽きんじゃん」

四角い枠の中で不敵に笑う国王は、見るからにプライベートな態度だった。

白を基調とした部屋。シンプルな椅子に腰かけている。肘《ひじ》置きに肘をついて、ついでに国王にはあるまじきことに片足を椅子に上げて、時折枠の外に手を伸ばしては食事を口に運んでいた。取り繕《つくろ》ってようやく伝わる威厳になど興味ないのだろう、と何となく思う。

『そういう意味じゃ黒いのはつまんねぇの頂点だろ』

「は？」

いかにも軽食、といったサンドイッチを頬張る国王に、イレヴンは頬杖から頭を上げる。

「ニィサンとも会ってんの？」

『似てねぇ兄弟だな』

「違ぇし。え、で、何？　いつ？」

『前にリズと一緒にいた時に見たぞ』

「へー」

『リズの顔面鷲摑《わしづか》んでた』

「は⁉」

話を聞いてみれば、国王は時々リゼルに窓を繋げているという。

大抵は宿にいる時を狙っているらしいが、どうしたって毎回成功とはいかない。その時も、ジルと共に外出していたリゼルへと繋がったようだ。つまりは普通に歩いていたリゼルの目前に出現した。

突如現れた窓に、顔面から突っ込もうとしたリゼルの額を咄嗟《とっさ》に押さえたのがジルだという。国王も「あ、外か。またな」と言ってすぐに窓を閉じたので話はしなかったらしいが。

「へーカ的にはそういうの良いわけ？」

『何がだよ』

「自慢のサイショーじゃん。平民に雑に扱われんのとかヤじゃねぇの？」

『良いんだよ、本人が楽しけりゃな』

国王は唇に残るソースを舐《な》めながら、何でもないことのように告げる。

リゼルは元の世界では、地位に相応しい振る舞いを心がけていた。心がけずとも身につけていた。

だが自らについてきてくれる者たちのため、そして何より自身の王のために、確かに隙を見せない立ち居振る舞いを徹底していたのだ。己を安く見せれば、周囲にいる彼らも安く見られてしまうから。

けれど今は、周囲の評価など歯牙《しが》にもかけない対等な者たちに囲まれている。

『折角全力で遊べんだから遊ばねぇと損だろ』

「そういうとこリーダーに似てる」

『時々言われんだよな』

少しばかり意外そうな国王に、イレヴンは力を抜くように頬杖に頭を預けた。

リゼルが教育係だったというし、多少は似てくるのは仕方がない。だが、そもそも根本が似ているのだろう。だからこそ気が合って、教育係に抜擢《ばってき》されたのかもしれないと思う。

なにせ、リゼルの年下二人への接し方を見ていれば分かる。リゼルは何かを育てはしても、相手の在り方を変えるのは好まない。それが楽だからこそイレヴンも共にいるのだが。

「ニィサンもだけど、ヘーカも結構放任すんね」

『こっちじゃ放っておいても俺中心で動いてんだろ』

「でも結婚相手はストップかけてんだ？」

『そりゃあな』

一体何を話しているのかと、呆れたような国王にイレヴンはへらへらと笑う。

度々行われるリゼルによる陛下トークは、とにかく一つ一つのエピソードが濃くて面白い。面白いというよりいろいろな意味でインパクトが強い。話を盛っていなければ絶対おかしい展開が続くも、幸か不幸か全く盛っていないのだと理解できてしまったのも早幾度。

だがそれも既に慣れ、今では酒の肴《さかな》にはもってこいの話題となっている。

イレヴンにしてみれば、余所で自身の話題を出されるなど死ぬほど嫌だがそれはそれ。娯楽《ごらく》が多いに越したことはない。いや、リゼルに己を自慢してもらう分には大歓迎だが。

『あいつが嫁選ぶ基準っつうとアレだぞ、国益』

「うーわ」

『実際くっつきゃ大事にすんだろうが、元敵国の令嬢とか候補に聞かされる身にもなれよ』

「ぜってぇ腹に一物《いちもつ》抱えてる奴じゃん」

リゼルの生きてきた世界は、政略結婚などありふれた世界だ。

その考えも間違ってはいないのだろうが、とイレヴンは口元を引き攣《つ》らせる。

だからといって「あそことの国交上、私があそこのご令嬢を迎えれば」だの「こちらの領地との結びつきを強化できれば交易路の開拓ができて」だのと具体的なプレゼンをされた国王は堪《たま》らないだろう。

「まぁそんなの俺が許さねぇけど」

『俺も許さねぇけどお前の許可がいんのかよ』

「いる」

『俺相手に言い張れんの凄ぇわ』

ケラケラと笑う国王にイレヴンは真顔だ。絶対にいる。

『まぁ昔はいたらしいけどな、婚約者』

「は?・?・?」

『キレんな』

そう言う国王も、それを聞いた当時は一瞬キレている。

だがキレた原因は婚約者どうこうではなく、自身がそれを知らされていなかったことなので、イレヴンに対しては自らを棚に上げて堂々と突っ込んだ。国王がその話を耳に入れた時にはすでに、リゼルの婚約は過去のものとなっていたというのもある。

「は？　誰？」

『キレんなっつうの。むかーしの敵国だよ、今は停戦協定結んでる。ただ協定も俺の代になってからだし、親父の代で休戦状態になった時に〝友好の証として〟っつって嫁と婿出し合う話になったんだと』

「あー……で、リーダーがちょうど良かったって？」

『地位も年齢もな』

当時、リゼルも相手も幼かったというのもあり名ばかりの婚約状態が続いた。

とはいえ何年も続いた婚約だ。何度か顔は合わせたが幼いリゼルに恋心が芽生えることはなく、その内に両国の情勢は悪化し、最終的に相手国がいろいろとやらかして話は流れたという。

そうして中途半端な年齢まで婚約者がいたのも、今のリゼルに決まった相手がいない理由の一つだろう。

「へーカどんな奴だったか調べた？」

『調べた』

「どんなだった？」

『性格ブス』

「ウケんだけど」

イレヴンはシーツを叩きながら爆笑した。

いや、もし今もその婚約が続いていたのなら笑いごとではなかったが。リゼルの教育を受けたならば国王にも紳士の精神が存在するはずだ。そんな彼が元婚約者を即答で扱《こ》き下ろすのだから、それはもうよほどの性格に難のある令嬢だったのだろう。許せるはずがない。

その時だ。

ふいに部屋の扉が開き、リゼルが姿を現した。のんびりとした朝食を終え、ほのほのとした雰囲気を纏《まと》って現れた彼は、自身のベッドに寝転んだイレヴンと空中に浮かぶ窓を見て足を止める。

「リーダーおかえりィ」

珍しく本心から驚いたのだろう。

声もなく、一度だけ目を瞬《しばた》かせる姿にイレヴンはにんまりと笑ってみせた。

朝食を終えて部屋に戻ったら、元教え子とパーティメンバーが仲良さそうに話していた。

リゼルは両者に一度ずつ視線をやりながら（片方は四角い枠の裏側ではあったが）、少しばかり意外に思う。気が合いそうだと思ったことはない二人だ。実際、特に好意的な雰囲気はないようだった。

だが二人共、初対面の相手であってもラフに話せてしまうタイプではある。共通の話題さえあれば話も弾むのだろう。社交的で大変素晴らしい。そう内心で称賛の言葉を送りながら、その共通の話題にされたことを薄々察しながらもリゼルはイレヴンの下へと向かう。

そして、向かい合うように宙に浮かんだ窓の前に立った。

「おはようございます、陛下」

『おう』

「寝起きは避けてくださいって伝えたのに」

『もう朝は過ぎてんだよ。ここぞとばかりにのんびりしやがって』

片目を眇《すが》める元教え子に、リゼルは可笑《おか》しそうに笑う。

同時に、後ろから服の裾《すそ》を引っ張られる感覚があった。逆らわずベッドへと腰かけ、優しく、少しだけ窘《なだ》めるように赤い髪を梳《す》く。ちらりと視線を落とせば、満足げに唇を歪《ゆが》めたイレヴンが心地好さそうに目を細めていた。

「特定の座標に窓を出す実験ですか?」

『らしいぞ。一回出したとこに限るらしいけどな』

ふむ、とリゼルは頷《うなず》く。

今まではピアス、つまり元教え子の魔力を目印にしていた。だが今回は、それとはまったく別のアプローチだ。従来の方法とは全く別の困難を伴っただろうに、これほど短時間で実現させられるあたりが流石の王兄だろう。

とはいえ、元教え子の魔術を基盤にしているなら納得か。一度訪れたことのある場所ならば転移できるという転移魔術、王族の血筋に連綿《れんめん》と受け継がれている神秘の性質を思えば。

「なら実験成功ですね」

『らしいな』

「出力節約のためでしょうか」

『そうなりゃ良いなって試してんだと』

手を尽くさせて申し訳ない、と思いはするもリゼルの気は楽だ。

こうして安定して窓が繋がるようになってから度々、元教え子を押しのけた王兄からひたすら質問攻めにされることがある。魔力の違いはあるか、濃度の違いは、異なる世界の魔道具技術、手紙にあった魔鳥《まちょう》騎兵団とは、そもそも魔術を魔法と称する理由とは、等々。

もはや後半はリゼルの帰還に関係がなかったし、何なら枠外からも大興奮で質問を重ねる他の研究員の声が届いていた。

そう、未知の魔術技術の探求というのはいっそ彼らの本懐《ほんかい》でもあるので。

『あいつら予算回した途端にやりたい放題しやがる』

つまりリゼルは半分ダシにされていた。

「リーダーの国ーって感じする」

「陛下の国と陛下の部下なので俺は関係ないです」

『その筆頭が何言ってんだか……、お』

ふいに元教え子が枠外へと手を伸ばす。

何かを弄《いじ》り、遠くに向かって声をかけ、何やら会話を交わしている。どうやらそろそろ窓が閉じるようだ。背景が魔術研究所なので、声をかけた相手は元教え子の実兄だろうか。

そんなことを考えながら、リゼルはぽんぽんとイレヴンの髪を叩いた。腹筋で上体を起こしながら大きな欠伸《あくび》を零す彼を振り返り、そういえばと問いかける。もう一人、いるべき相手が部屋にいない。

「クァト、出かけたんですか？」

「へーカ来た瞬間マドから飛び出してった」

トラウマでもあるのだろうか。いや、心当たりはあるが。

そうリゼルとイレヴンが話している内に、あちらの会話も一段落ついたのだろう。そろそろ窓を閉じる、と告げる元教え子に、リゼルは然《さ》して緩《ゆる》めてもいない背筋を気持ちだけで伸ばした。

『じゃあな。次はリズんとこに繋げる予定だと』

「はい、お待ちしてます」

『赤いのもあんまこいつ困らせんなよ』

「えー」

『俺相手に愚痴零すっつう最高の贅沢《ぜいたく》味わわせてやっただろうが』

不満も露《あらわ》なイレヴンに、元教え子は不敵に笑いながら椅子に深く腰かけた。

その姿が、枠ごと空気に溶けこむように消えていく。リゼルは枠の一片まで視線を離さずに見送った。この瞬間はまだ、少しばかり慣れないままだなと小さく微笑む。

そして、後ろで適当に髪を括《くく》っているイレヴンを振り返った。

「言いつけたんですか？」

「言いつけた」

結んだ髪を指先で弾きながらニヤニヤと笑う姿に、リゼルは眉尻を落として苦笑する。

流石は元盗賊団の頭《かしら》、と言って正しいかは分からないが、何とも的確すぎる意趣返しだった。


その後、ひょこりと戻ってきたクァトに見送られてリゼルたちは宿を出た。

依頼を受ける時間でもなくなってしまったが、近場の迷宮を何階層か楽しむだけならば十分だ。

ちょうど馬車を使わずとも行ける距離に〝辛党嫌いの菓子工房〟という迷宮があるので、そこに行ってみようかと西の大橋へと向かう。

名前でお祭しだが、近い順に次々と攻略を進めるジルが未攻略という稀有《けう》な迷宮だ。二人で行く機会があれば、と以前から話していたこともあり、行ってみようというリゼルの提案にイレヴンもすぐさま頷いていた。

「街道沿いでしたよね」

「そ。どんなんだろ、食える迷宮？」

「それだと、踏《ふ》んで歩くのが申し訳なくなりそうです」

そんなことを和気藹々《あいあい》と話しながら、橋の手前にある馬車の待合所を通りすぎる。

屋根があるだけの吹きさらしの待合所には、幾つもの木製ベンチが整然と並べられていた。早朝の馬車ラッシュも過ぎれば、手の空いた御者が整頓するのだろう。いつもの雑然とした様子はなく、石畳《いしだたみ》の冷たさが伝わってくるような物静かな場所に変じている。

いるのは冒険者パーティが一組だけ。彼らはベンチに座ったり寝転んだりと存分にダラけていた。

夜通し依頼にでも出ていたのだろうかとリゼルがなんとなく眺めていれば、ふいにその中の一人と目が合った。寝ころんでいたベンチから体を起こした相手が、顔に嘲《あざけ》るような笑みを浮かべながら口を開く。

「よう、一刀の腰巾着《こしぎんちゃく》」

「ごきげんよう」

「ご、えっ」

光の速さで絡《から》まれたが、水流の如《ごと》く流した。

足も止めずに歩き去るリゼルたちの背に、呆気にとられた視線が突き刺さる。だが二人が気にかけることはない。何事もなく会話を再開させながら大橋へと足を踏み入れる。

橋の半ばまでのんびりと歩いたころ、耐えきれないとばかりにイレヴンの肩が震えた。

「ふ、ははっ、リーダーの流し方……ッ」

「これ、良いですよね。波風立たなくて」

今更ツボに嵌《は》まったらしいイレヴンとリゼルの笑い声が湖の上に響く。

リゼルはいつか王都の宿で、一人の少女にそう告げられたアインたちが固まっていたのをよく覚えていた。冒険者相手ならば似たような効果が得られるかもしれないと実践してみたが、効果は上々のようだ。

「喧嘩《けんか》買うブームは終わったんスか」

「ああいう喧嘩の売り方はもうありきたりで」

「気分乗らねぇんだ？　すっげぇ冒険者っぽいじゃん」

「でしょう？」

誇らしげなリゼルにイレヴンも笑う。

イレヴンにしてみれば、本来は宰相という雲の上の地位を持ちながら何故それほどまでに冒険者を誇れるのか謎でしかない。だがリゼルが楽しいならばそれで良い。このあたりが周囲の冒険者から「頼むからツッコミどころを流すな」と言われる由縁《ゆえん》でもあるのだが、そんなものイレヴンには何の関係もなかった。

よってリゼルは、今後も誇るところを間違えたまま冒険者を続けるだろう。

「それにしても、ああいう方ってジルと一緒の時には来てくれないんですよね」

「実力も根性も雑魚《ざこ》とか救いようねぇなァ」

「絡んでくる理由からしてジルも当事者なのに、仲間外れはいけません」

「リーダーそれなんか違う」

そんな雑談を交わしつつ、二人は馬車も余裕ですれ違える大橋を渡りきった。

目的の迷宮はここからすぐの街道にある。南西へと伸びる街道、その始まりに堂々と姿を見せている扉が一つ。その街道を使う者たちにとってはもはや見慣れたものであり、何より「前を通ると腹が減る」と一部の甘党には非常に有名な迷宮でもあった。

「あー、あっまい匂いする」

「楽しみですね」

上機嫌に匂いを拾うイレヴンに、リゼルもそれを喜ぶように目元を緩めた。

迷宮から漏れ出たかのように、その扉の周囲は甘い香りに包まれている。ジルを代表とする一部の甘い物嫌いには大層不評なのだが、それでもこれを楽しみに街道を通る者は多い。

そしてリゼルにも甘い香りが届くようになったころ。

見えてきた扉には、本来ならば荘厳なステンドグラスに用いられるだろう技術でさまざまなスイーツが描かれていた。豪奢《ごうしゃ》な造形に紛れ込むポップな雰囲気に、冒険者の中には何ともいえない居《い》た堪《たま》れなさを感じる者も多いという。俺そういうの似合うタイプじゃないし、というやつだ。

「ショーウインドウみたいです」

「これで何も食わずに攻略とかだったら詐欺《さぎ》なんだけど」

「分かりませんよ。俺も書庫の迷宮では一冊も読めませんでしたし」

「リーダー根に持ってんの？」

「ちょっと持ってます」

アスタルニアに現れた新たな迷宮、〝人ならざる者たちの書庫〟のことを思い出す。

あれだけ作りこまれた迷宮でさえ、一冊も本を読ませてもらえなかったリゼルのやるせなさは根深い。迷宮だから仕方ない、そう諦《あきら》めてはいるものの、それはそれとして「逆に迷宮なら全て読める本にもできたのでは」と今でも考えずにはいられなかった。

「お菓子の魔物とか出たらどうしましょう」

「それは食う気しねぇかも」

「美味しいもの、食べられると良いですね」

「リーダーにも分けたげる」

微笑んだリゼルに、イレヴンも得意げに目を細めて扉を潜った。


単刀直入に言えばパラダイスだった。

「イレヴン、これも食べれますか？」

「何でも食える！」

イレヴンは手摑みのケーキに齧《かぶ》りつきながら、反対の手でフォークを器用に回す。おかわりにも唇の端を吊り上げ、あっという間に平らげると空いたフォークを突き刺した。生クリームたっぷりのそれを大きく開いた口へと放り込む。

迷宮はまさにお菓子の屋敷。あらゆるものが菓子でできている。

――ように見えるだけだが。迷宮を構築するそれらは、流石に本物の菓子ではなく作り物だった。とはいえ本物でないほうが攻略はしやすいので、リゼルたちも思う存分感心はしても残念には思わない。流石に靴底をクリームやスポンジまみれにする気はなかった。

迷宮内は予想に反して仄かな甘い香りが漂うのみ。甘いものが苦手でなければ胸やけするほどではない。歩いていたら何処《どこ》からか焼き菓子の香りが、その程度の淡い甘さだった。

「もうサルスに菓子屋いらねぇじゃん」

「そこはほら、冒険者以外は来れませんし」

「まぁ味もそこそこじゃ飽きるかァ。おかわりー」

部屋の中央には一台のテーブルと二脚の椅子がある。

そこに腰かけ、当たり前のように次を催促《さいそく》するイレヴンにリゼルは微笑んだ。既《すで》に幾つものケーキを平らげているのに食欲が衰《おとろ》える様子はない。たくさん食べられるのは良いことだ、と一つ頷く。

そしてリゼルが向き直るのは四方の壁、そこを埋《う》め尽くすショーケースだった。

所狭しと並べられた白い皿は全てが同一規格、けれど飾られているケーキは一つとして同じものがない。それにつぶさに目を通し、少しばかり自信がなさげに一つの皿へと手をかける。

「多分これ、だと思います」

「迷宮の謎でリーダーが自信なさげなの珍しい」

「ケーキの名前、詳しくないんですよね」

リゼルは苦笑しながら、テーブルの一角に視線を落とした。

そこには〝十つなげ、十一で終わらせれば、扉はひらく〟という一文が刻まれたプレートが張りつけられている。どうとも解釈できるが、リゼルはこれをしりとりだと見なした。

ちなみに最初はイレヴンが「ロールケーキ十一個繋げりゃいけそう」と試したが、テーブルに載りきらなかったために断念。もしテーブルの長さが足りれば合格判定が出そうな気もした。正解が一つでないのが迷宮なので、ケーキの名前などよく知らない冒険者だろうが突破する者は突破するだろう。

そのロールケーキをしっかり完食し、今はリゼルのしりとり説を試しているところだ。

「本当に飲み物なしで大丈夫ですか？」

「だいじょぶだいじょぶ」

「紅茶なら準備できますよ」

「ほんとだいじょぶ」

イレヴンは笑顔で躱《かわ》した。

確かにリゼルのポーチには何故かティーセットが揃っている。何故か良い茶葉もある。だが流石に、イレヴンとて一冒険者として迷宮内で優雅なティータイムを過ごそうとは思えなかった。

ケーキは食べるが。これは攻略に必須なのでノーカンとする。

「どうせお湯沸《わ》かしてる間に食べ終わるし」

「俺がぱっと沸かせると良いんですけど」

「そういやできる魔法使い見たことねぇかも。そんな難しい？」

「できたら、すぐに魔法学院からスカウトが来るくらいの大発見ですよ」

そう告げながら、リゼルは十一皿目のケーキをイレヴンの前に置いた。

最後の一皿はモンブラン。これだけは最初から決めていたので、何とかここまで繋げることができてひと安心だ。名称を知っているケーキだけで十一個繋げるのはとても難しかった。

「はい、お願いします」

「いただきまーす」

完食後、二人は開いた扉を和気藹々と潜り抜けた。


迷宮なので当然魔物も出る。

浮かぶカップケーキに乗るツギハギのぬいぐるみ、仕込み武器のキャンディスティック、歪な形をしたジンジャーブレッドマンや、飴《あめ》細工の凶暴な植物たち。そんな可愛らしくも悍《おぞ》ましい魔物たちが、風景に擬態して突如襲いかかってくる。

お菓子工房などというコンセプトに反し、攻略難度は地味に高そうな迷宮だった。

「もうギットギトなんだけど！」

そんな魔物相手に、イレヴンは双剣にこびりついた菓子を見て悲鳴を上げていた。

「こんなんどうやって手入れ……うわ、とれねぇー！」

「だから任せてくださいって言ってるのに」

「それは俺がヤじゃん！」

イレヴンがギャンギャン言いながらもキャンディスティックを真っ二つにする。

リゼルも苦笑しながら、なるべく生クリーム系や飴系を狙って撃っていった。イレヴンの剣の性能ならば、幾ら斬っても買い替えが必要になるまで傷みはしないだろう。だがやはり切れ味は落ちているようで、早々に双剣を振るうのを諦めてストックのナイフを使い捨てにしていた。

「ニィサンに手入れ道具借りよ」

「普通の手入れで何とかなりそうですか？」

「微妙かも。無理だったら鍛冶屋持ってく」

その場合、鍛冶師にどちゃくそに怒られる未来が待っているが。

最上級品質の剣に飴やら生クリームやらつけて持ち込まれた鍛冶師の気持ちやいかに。

「ボス行く前にちょい手入れして良い？」

「あ、もうすぐボスなんですか？」

「多分だけど」

最後の魔物を撃ち抜き、リゼルはイレヴンと並んで先へと進む。

深層になるにつれ手強くなる魔物、経験を積んだ冒険者はそのあたりの変化で迷宮全体の階層を予想する。リゼルはまだまだ経験不足だが、ジルやイレヴンは何となく分かるらしい。

頼もしいことだと頷き、チョコレート仕様の扉の前を通り過ぎる。

「今が九階なので、全十階でしょうか。意外と短い迷宮ですね」

「まぁ毎回毎回食ってるし」

「イレヴンがいてくれて助かりました」

リゼルが微笑めば、イレヴンも得意げに笑った。

考えてみれば確かに、一階層に一回は菓子関係の仕掛けがあった。しりとりで突破した部屋は勿論、飴を舐めている間だけ床が現れる階層や、シンプルに用意された菓子を食べ尽くさないと開かない扉など。イレヴンでなければ、どれほどの甘党でも一日一階層進むのがやっとの迷宮だろう。

リゼルも頑張《がんば》ったが、ケーキ二皿で限界を迎えた。

「ジルが踏破《とうは》できない迷宮があるのか、なんて昨日までは思ってましたけど」

「今日できるようになったッスね」

「もしボスを倒せたら、ボスだけ連れてけって言われそうです」

「やー、ボスにもよんじゃねぇかな」

巨大チョコレートファウンテンみたいなボスだったら無理そう、いや生クリーム山盛りのほうが、そもそも迷宮の扉に近づけるのかが謎すぎて気になる。そんなことを話しながら二人は迷宮の奥深くへと歩を進めるのだった。


その夜、迷宮帰還後の宿にて。

四人の内、最後に帰ってきたジルは扉を開けた途端に顔を顰《しか》めた。

部屋の中には椅子に腰かけながらイレヴンの髪を乾かすリゼル、床に座って乾かされているイレヴン、そしてリゼルの後ろでしきりにふんふんと匂いを嗅いでいるクァトの姿。

部屋に溢《あふ》れているだろうと予想していたものは一つも見つからず、けれどもほんのりと香る甘い香りが気になって仕方なかった。

「……シャワー浴びてこい」

「ニィサン目ぇ見えてる？」

「そんなに匂いますか？　俺とイレヴンはもう分からなくて」

匂いの元はシャワーを浴びたての二人だろう。

ジルは嫌がりつつも諦めて部屋に入り、窓を全開にする。わざわざ別の部屋をとるのも面倒なので我慢するしかないだろう。幸い、これ以上強くはならないようだ。

「どうすりゃそうなる」

「迷宮だって、ニィサンも多分知ってるトコ。あっまい匂いする迷宮」

「あそこか……」

ジルにも覚えがあった。

なにせサルスから近い迷宮だ。真っ先に向かい、そして真っ先に踵《きびす》を返した。

一歩も入らなかったが嫌な予感しかしなかったからだ。明らかに相性最悪の迷宮だった。

「ボスは」

「倒せましたよ。大きいマシュマロの魔物でした」

「あいつマジで斬っても斬っても意味ねぇしどうしようかと思った」

ちなみに切ったら中身のイチゴジャムが凄い勢いで噴き出る。

ポップとホラーが織りなすサイケデリックな空間は、絵面《えづら》だけ見れば大惨事でしかない。

そこまで聞いたジルは潔《いさぎよ》く挑むのを諦めた。もういっそ負ける自信すらある。甘い匂いから逃げるように窓際にある己のベッドへ腰かけた。今ほどこの位置のベッドを勝ち取って良かったと思ったことはない。

気を逸《そ》らすように大剣を抜いて、手入れに集中しようと道具を取り出そうとした時だ。

「あ、ニィサンそれ貸して」

「何でだよ」

「これこれ、見てこれ、やばくね？」

気持ち良さそうに髪を拭《ふ》かれていたイレヴンが、身を乗り出して双剣を手に取った。

ジルがそちらを見れば、ちょうど刀身が露になったところだった。眉を寄せる。よく鞘に収まったなと思うほどに絡まった飴らしき筋やら油やら。ジルにしても許せないものがあるほどの酷い状態だった。

なにせジルは、リゼル曰《いわ》くの剣コレクターなので。

「やべぇどころじゃねぇだろ」

「どうにかなんねぇかな」

「ならねぇ」

「手入れ道具とか一発でダメになんじゃん。だから貸して」

「何で借りれると思った」

貸して、貸さない、そんな言い合いをする二人を尻目にリゼルは赤い髪を乾かし終えた。

タオルで拭《ぬぐ》い、優しい風を起こして、満足いくまで整えると一度二度と髪を梳く。そのまま少しだけ身をかがめ、赤色に鼻を近づけてすんと匂いを嗅いでみた。やはり甘い匂いは分からない。

ならばと、後ろに立っているクァトを振り返る。

「甘い匂い、しますか？」

「する」

はっきりと頷かれ、リゼルは困ったように眉を落とした。

177.

リゼルは一人、馬車の待合所にあるベンチにのんびりと腰かけていた。

その手には一枚の手紙がある。穏やかに文面を眺めるリゼルを、昼時の暇そうな御者らが遠巻きに眺めていた。彼らがやや騒《ざわ》めいているのは、普段は専属の馬車に乗っているから乗合馬車の乗り方が分からないのでは……という疑惑からだった。リゼルがサルスに馴染む日はまだまだ遠い。

とはいえ疑惑も、過去一度だけリゼルを乗せたことのある御者のお陰で晴れていたが。

「(そろそろかな……)」

リゼルは紙面から視線を上げ、大きく開かれた門の向こう側を眺める。

やや雲の多い青空。こんな日の馬車旅は気持ちが良いだろう。手元の手紙の差出人はジャッジで、三日後にサルスを訪れる旨《むね》が書かれていた。記載されていた日付から三日後というのがまさに今日。店を閉めてから出発すると書いてあったので、野営を挟んでの到着ならばそろそろだろう。スタッドも同行するらしく、ならばまず間違いなく何事もなくサルスまで来られるはずだ。

「（思ったより早く来てくれたな）」

微かに笑みを零す。

リゼルがサルスに移ってから、それほど時は経っていない。アスタルニアとは違い、出発のタイミングによっては野営がなくとも辿《たど》り着ける距離だ。ちょっと遊びに、という感覚で来られるのだろう。

馬車の音が近づいてくる。リゼルが待合所に着いてから三度目だった。

一度目と二度目と同じように視線を流し、そして今までと違い微笑みながら腰を上げる。御者席で慣れたように門番とやり取りを交わす姿を眺めていれば、ふと見知った顔が馬車の後部から姿を現した。

彼はじっとこちらを見つめ、そして淀《よど》みない足取りで近づいてくる。

堂々とした足取りに御者席から慌てたような声が上がった。まだ手続きを終えていないと止めようとした門番は、必要な確認事項を立て板に水のごとく淡々と告げられて唖然《あぜん》としている。

そして手続きは済んだとばかりに堂々と目の前に立ったスタッドに、リゼルは歓迎するように目元を緩めてみせた。

「馬車旅お疲れ様でした、スタッド君」

「お久しぶりです」

「ちょ、スタッド待って……っお久しぶりです、リゼルさん！」

無事に通行許可が下りたのか、馬を操りながらやってきたジャッジにも、リゼルは再会を喜ぶように笑みを浮かべたのだった。


乗合馬車でなく、店の馬車で訪れたジャッジが馬と馬車を預けた後。

昼時だし、と三人は食事のとれる店へと向かっていた。街中を歩くジャッジとスタッドは、何度かサルスを訪れたことがあるらしく特に物珍しげな様子を見せない。むしろジャッジなどリゼルより余程サルスの店に詳しいので、今向かっているのも彼が提案したレストランだった。

「馬車に乗りっぱなしで疲れてませんか？」

「いえ、野営も挟んだし、半日くらいなら大丈夫です」

「ジャッジ君は馬車旅に慣れてますしね。スタッド君は？」

「疲れは全く」

照れたように笑うジャッジも、無感情に告げるスタッドも私服だ。

いかにも遊びにきてくれた感じが新鮮で良いな、とリゼルも頬を緩める。王都でも同じように過ごしたことはあったが、他国で過ごすとなると見慣れないような新鮮さがあった。

ジャッジに先導されるまま石畳を踏んで歩く。三人分の靴音が水路に落ちていた。

「そういえばこの間、インサイさんが来てたんですよ」

「えっ、リゼルさんに会いに、じゃないですよね……？」

「商談だと思います。俺もたまたま同席したんですけど、紳士然とした老齢の男性と」

「あ、そっか」

思い当たったようにジャッジが声を上げた。

老紳士のことも知っているらしい。疑問に思いかけるも、リゼルはすぐに納得する。

なにせインサイと真っ当に取引を交わしていた相手だ。それについてリゼルが老紳士に何かを尋ねたことはないが、サルスを代表するような大商会のトップであるに違いない。

「ジャッジ君の仕入れ先の一つですか？」

「いえ、確かに爺《じい》さまの伝手《つて》で顔合わせはしたし、あちらもいつでも頼ってくれって言ってくれるんですけど、その、気が引けちゃって……」

気まずげに口ごもるジャッジへと、リゼルとスタッドは問うように視線を向ける。

王都の中心街にある高級店さえお得意様にしているジャッジが、今更何を気が引けるのか。まさか相手の商会の規模ではないだろう。インサイという、その手の商売人としては頭抜《ずぬ》けた祖父を持っているのだ。特に気後れする必要もないように思えるのだが。

その視線に気づき、失言に気づいたジャッジが慌てて弁解を口にしようとする。

だがその直前、すかさずスタッドが口を挟んだ。

「ようはただ苦手なだけだと」

「いや、でも、サルスに来る度に挨拶《あいさつ》はしてるし」

「仕事相手としては苦手だと」

「それは、だって、爺さまも取引先として紹介してくれた訳じゃないみたいだし」

「つまり」

「ちょっと苦手だけど……っ」

言い負かされて丸まるジャッジの背を、リゼルは苦笑を零しながら撫でてやる。

商人同士だからといって必ずしも仕事相手になる必要はない。仕事を抜きにして仲良くやれているのなら十分だろう。スタッドも責めているつもりはまるでなく、それ故にリゼルに撫でられているジャッジを気に入らなそうに見ている。

「商売のことは俺には分かりませんけど、彼は深くて広い見識を持つ素敵な方ですよね」

「あ、はい、そうなんです。落ち着いてて」

「俺も杖を持ったことがありますけど、彼ほど似合う自信はありません」

「杖」

スタッドの無表情がリゼルを向いた。

「どうしました？」

「杖を持った魔法使いがいないのは何故かと依頼人から質問されたことがあります」

「冒険者が、杖？」

ジャッジも質問の意図が分からないと不思議そうだ。

対してリゼルには心当たりが一つ。それを口にする前に、好奇心を優先してスタッドへと問いかけた。

「スタッド君はなんて答えたんですか？」

「杖よりナイフなどのほうが取り回しが良いからではないかと」

「戦う用の杖ってどういうのだろ……細い棍棒とかかな。迷宮品であったたっけ」

まごうことなく現場を知るギルド職員の意見と、冒険者を相手にする道具屋の意見だ。

リゼルはそれに可笑しそうに笑い、成程と頷いた。リゼルとて、アスタルニアでそういった話を聞く前には同じようなことを口にしただろう。どうやら最近では、王都の子供たちも似たようなイメージを持っているらしいが。

「依頼人の方、きっとアスタルニア出身だったんですね。あちらの絵本では、魔法使いは杖を持って魔法を使うみたいですよ」

「魔法使いなのに魔法を使わず殴《なぐ》り殺すんですか」

「いえ、鈍器として使う訳じゃなくて」

「悪路が苦手な人が多い、とかですか？」

「足腰に不安がある訳でもないんです」

アスタルニアの魔法使いへの熱い風評被害が発生しかけた。

ただでさえアスタルニアでは他国より更に少数派の魔法使いたち。そんな彼らにそれ以上の不遇を味わわせる訳にはいかない。リゼルは年下二人の至極真っ当な意見をすぐさま修正していく。

とはいえリゼルも明確な理由を知っている訳ではない。

そういうものだと思っていたと、とある機会にナハスとアリムから聞いただけだ。何と答えれば良いのだろうかと考えながら、路地から吹き抜けた風に乱れた髪を耳にかける。

「発動の時に拳《こぶし》に力が込もりがちで、手を傷つけないように握る冒険者がモデルとか」

リゼルなりに真剣には考えたがこれしか出なかった。

アリムの書庫で漁った歴史的背景にも、該当するようなものがなかったのだから仕方ない。

「納得しました」

「そういえば、魔法は気合って聞いたことあります」

ジャッジたちはすっきりと解決したような顔をしているので結果オーライだろう。

いかにもあり得そう、と納得されるだけのイメージが冒険者にはあるのだ。普段から「魔法のコツ？　気合と根性」と言っているからこうなる。冒険者の魔法使いは魔力理論など欠片《かけら》も知らず魔法を使っている者が大半なので、彼らなりに真剣に答えた結果ではあるのだが。

こうして杖の真実は闇《やみ》に葬《ほうむ》られた。リゼルの説が真実である可能性もゼロではないが。

「あ、ここ、右です」

「あまり来たことのない方向ですね」

「首都、あまり行きませんか？」

広い水路に突き当たり、ジャッジの声に促されるように三人は右に足を向ける。

水路を時折流れていく小舟は、荷運びであったり物売り船であったりと多種多様。前者はゆったりと櫂《かい》を漕《こ》ぎ、後者は目立つ庇《ひさし》の下で店主がのんびりと座っている。仕事でなくとも、芝生《しばふ》で寛《くつろ》ぐのと同じように小舟に寝転がって揺られている者もいた。

いかにも日常的な風景だ。ジャッジは、まだまだ有名どころに興味をそそられてしまうリゼルでは訪れたことのない地域へ向かっているようだった。

「有名だっていう国王の像は見に行ったんですけど」

「あれ、意外と小さいですよね」

「思ったより等身大でした」

可笑しそうに肩を竦《すく》めたジャッジに、リゼルも笑いながら何となしに水路を眺める。

ふと、本を顔に伏せて寝転ぶ見覚えのある白衣が見えた気がした。小舟に揺られながら考え事だろうか、とそれを見送る。

「スタッド君はサルスに来たことがあるんですか？」

「あります。冒険者ギルド以外に足を向けたことはないですが」

真っすぐに冒険者ギルドに向かい、真っすぐに帰っていくスタッドが目に見えるようだ。

折角来たのだから観光を、などという考えは彼には一切ない。王都に愛着がある訳でも、帰るべき家だと考えている訳でもない。やるべきことをやったら用はないと、当たり前のようにそうしたのだろう。寄り道を楽しむタイプではなかった。

そんな彼が遊びに来てくれたのだ、とリゼルは甘く目元を緩めてスタッドを見る。

「なら、今日はいろいろなところに行きましょうか」

「ぜひ」

淡々と頷いたスタッドは、これでも花が飛んで見えるほど浮かれている。

「それなら、スタッド君はサルスのギルド職員さんを知ってるんですね」

「知っているというほど親しくはありませんが」

「そういえば僕、王都の人しか知らないかも……何か違ったりするんですか？」

不思議そうなジャッジに、リゼルは勿体《もったい》つけることなく答える。

「ここ、職員が全員女性なんです」

スタッドが頷き、ジャッジが意外そうに目を瞬いた。

冒険者とほどほどに関わるとはいえ、ジャッジの冒険者観は他の一般国民とあまり変わらない。変な冒険者に絡まれた、と愚痴を零す異性の姿も度々見ている。そもそも冒険者というのは、根が粗暴な者が多いというのもあってあまり女性受けがよろしくない人種なのだ。

よって王都の冒険者ギルドしか知らないジャッジにも、それが珍しいことなのだと分かる。

特に、乱闘する冒険者を正面から黙らせるスタッドを見てきているので猶更《なおさら》だ。異性だらけの空間に、仕事とはいえ突撃したスタッドの姿が想像できなかったというのもあるかもしれない。

驚きのあまり、ジャッジは思わずといったように口を開く。

「スタッド、そんなギルドに行ったんだ……」

「一人でですか？」

「はい」

ちなみにスタッドが訪れた際、サルスのギルド職員一同は騒めいた。

無表情かつ無感情だろうが若い男。普段は荒くれた冒険者とばかり接している彼女たちは、ぱっと見は荒事より事務仕事のほうが得意そうなスタッドに一気に浮足立った。実際はそこらの冒険者よりよっぽど手が出るのが早いのだが、彼女たちはそんなことなど知る由もない。

一ミリも動かない表情も、久々に目にする異性職員という属性の前では〝ミステリアス〟という非常にポジティブな捉え方をされた。王都メンバーが知ればメンタルを心配するだろう。

とはいえ彼女たちもプロの職員だ。勤務時間中に発情しない、という座右の銘《めい》のもと公私をきっちりと分けて業務を終わらせた。

だが仕事さえ終われば後は自由。すぐさまギルド同士の交流を兼ねたお食事でも、と内心の勢いを悟らせないしとやかな声で誘いをかけようとしたのだが。

「必要な署名を終わらせてすぐに王都に戻ったのであまり覚えていませんが」

即行姿を消したスタッドに当時の彼女たちは崩れ落ちた。

「女の人ばかりの場所って、ちょっと居にくいよね」

「イレヴンは平気そうですよ。そういうチョコレート店によく行ってますし」

「私も気になりません」

「皆、強いなぁ……リゼルさんは、その」

「意識はしますけど、気が引けるとかはないです」

リゼルは緩やかなアーチを描く橋に足を踏み入れながら、思案するように返す。

女性ばかりの場、という環境に合わせて多少は振る舞いを変えるも、それほど居づらいという感覚はない。けれどジャッジの言うことも理解できた。場違い感とまではいかないが、どうしても周囲から浮いてしまうのが気になるのだろう。

「こればかりは慣れるしかないですね」

「ですよね……」

慰めるように告げたリゼルに、ジャッジも諦めたように肩を落とす。

卸《おろ》し先にそういう店があるのだろうか。そんなことを考えるリゼルの前方から、ふと知った顔が走ってくるのが見えた。

「あ……」

「こんにちは」

「こ、んにちは」

先日、空間魔法が暴発しないようにと、教授を通して魔石《ませき》を渡した少年だ。

彼はリゼルを見つけると歩調を緩めた。リゼルが立ち止まると、ジャッジたちも足を止める。少年は少し気まずそうにジャッジやスタッドを見て、けれど観念したようにリゼルへと向き合った。

「その、先生見てたらって思って」

「教授なら、さっき流れていきましたよ」

「やっぱりだ……！」

少年はぎゅっと眉を寄せて水路を見回した。

欄干《らんかん》にしがみつき、小舟を一つ一つ睨《にら》みつけて、目当ての姿がないと分かれば再び駆け出そうとする。だが直後、前かがみになりかけた体を急停止しながら起こした。

その拍子に、首元にかけられた真っ黒い魔石のネックレスが揺れる。

あ、とジャッジが小さく声を零した。

「えっと、これ、あっ、先生のこと教えてくれたのも、ありがとう」

「いえ、どちらも偶然みたいなものなので。魔石の使い方は教えてもらいましたか？」

「うん。……友達の前で吐いたらどうしよう」

恥じるように、深刻そうに告げる少年をリゼルは微笑ましげに見た。

この年頃の子供にとっては、友人の目の前で吐いてしまうのも、国が吹き飛びかねない爆発も同じくらい深刻な事件なのだろう。むしろ後者はあまりにも現実味がない。前者のほうが問題が身近な分、よっぽど脅威に感じやすいのかもしれない。吐くといっても魔力だが。

指で魔石を弄《いじ》りながら俯《うつむ》く少年に、リゼルは論すように声をかける。

「不要な魔力を出すだけなんだから恥ずかしくないですよ」

「……変だって言われるかも」

「君は、目の前で未知の魔法を見れたらどう思いますか？」

リゼルの言葉に、少年は勢いよく顔を上げた。

そこに先程までの不安はない。別の危機感がありありと浮かんでいる。

「質問攻めにされる……！」

流石は魔法学院の子供たち。むしろ脅威は大人研究者たちか。

だが少年も、嘔吐《おうと》などという単語が出るくらいなのだから無事に現役の空間魔法使いと話ができたのだろう。リゼルの出会った空間魔法使いは皆、気の良さそうな大人ばかりだった。ならばコントロールのコツも丁寧に教えてくれたに違いない。

つまりは質問攻めにより三日三晩の寝食が犠牲になることはないはずだ。

事情を知る教授でさえ守ってくれるかは五分五分なので、そこは少年が頑張るしかない。何故なら教授こそ、誰より率先して質問攻めを行いかねないので。

「絶っ対コントロールする！」

「はい、頑張って」

「うん、ありがとう！」

やる気が出たなら何よりだ。

力強く宣言して走り去っていく少年が、無事に教授と合流できると良いのだが。そんなことを思いながら見送り、歩みを再開したリゼルの隣からすぐさまスタッドが問いかける。

「誰ですか」

「魔法学院の生徒さんです。魔法を使う冒険者から講演を、っていう依頼を受けて」

「騎士学校の依頼のようにですか」

「あそこよりは和気藹々としてましたね」

納得したのか、スタッドは一つ頷いて口を閉じる。

裏腹に、ジャッジは感心したように少年を振り返っていた。

「あんな小さいころから通うものなんですね……」

「貴方から見れば大抵の相手が小さいのでは」

「そ、そうじゃなくて」

「年齢は関係ないみたいですよ。知りたいことがありすぎて気づいたら突撃してた、そんな子が多いみたいです」

凄いなぁ、とジャッジから感嘆の声が漏れる。

それにリゼルは可笑しそうに頬を緩めた。ジャッジとて少年と同じような歳から、冒険者ギルドに鑑定に訪れていただろうに。正確無比な鑑定で、ギルド所属の鑑定士と全く同じ仕事をしていたという。それだって他人から見れば十分に凄いことだろう。

比べるようなことではないが、それにしても自分のことは気づかないものだ。そうリゼルは微笑ましく思う。

それが自身を棚に上げてのことであると、それを突っ込める者はこの場にいなかった。

「あの子も、何か知りたかったんですか？」

「魔力中毒について興味があるみたいですよ。ご両親が大変だったからって」

「あ、そっか、サルスはそういうのがあるんですよね」

今思い出した、とばかりにジャッジが二度、三度と瞬きを零す。

三人は橋を渡りきり、道の真ん中にポツンとある小さな噴水を横目に、少し広めの通りへと足を踏み入れた。噴水はすでに動いていないのか、通りすがる人もスカートを揺らしながらすぐ隣をすれ違う。あれは何ていう名前の噴水なんだろうか、と考えていたリゼルは、ふと少しばかり不満そうな雰囲気を出すスタッドに気がついた。

もしかして、と問いかける。

「スタッド君、魔力中毒になったことがあるんですか？」

「あります」

端的な肯定には、少しの不服が隠れていた。

確かにスタッドの魔力量を思えば、魔力中毒に全く縁がないことはないだろう。王都にいればまず心配ないだろうが、魔鉱国《カヴァーナ》の冒険者ギルドを訪れたことも何度かあるはずだ。

「へぇ、……どんな感じだった？」

「静電気が酷かったです」

少しばかりの好奇心を滲ませたジャッジは、まさかの回答に一気に混乱した。

「何を触ってもバチバチ言うので鬱陶《うっとう》しすぎて何度か凍らせました」

「な、何を？」

「手ですが」

「手を……？」

対処法としては強《あな》ち間違っていないのでコメントしづらい。

ふとリゼルは、驚きに目を剝《む》いたジャッジがしきりに自身とスタッドを見比べているのに気づいた。どうやら、リゼルも同じく静電気に苦しんでいるのではと心配してくれたらしい。

ジャッジも仕入れなどでさまざまな場所を訪れるとはいえ、基本は生粋のパルテダール国民パルテダ在住。魔力溜まりに縁はなく、魔力中毒に詳しくなくても不思議ではない。

「ジャッジ君、魔力中毒の症状は人それぞれなんです」

「あ、そうなんですね、良かった……」

ジャッジは安堵《あんど》したように吐息を零した。

彼は静電気に苛《さいな》まれるリゼルを想像するやいなや、すぐさま対策に使えそうな品を脳内でピックアップしていたところだった。厳選し終えた品はスタッドに薦《すす》めてみよう、とすぐさま思考を切り替えるあたり商売人の鑑《かがみ》だ。

「じゃあ、リゼルさんは、その」

「お、兄ちゃん大きいなぁ」

「えっ、あ、すみません……っ」

「褒めとるんだて」

見知らぬ老婆《ろうば》であった。

彼女はすれ違い様に声をかけ、慌てるジャッジを尻目に笑いながら去っていく。

リゼルがサルスを訪れてからまだ日は浅いが、サルス国民は懐っこい人が多い印象だった。ただ時折、それがネガティブに働く者もいる。イレヴンが鼻につくという魔力重視の者であったり、や冤罪《えんざい》の可能性も出てきたが魔力中毒を表に出すなという懐古《かいこ》主義者がそうだ。個人の主義主張を他人と共有したがるからこそのトラブルなのだろう。

勿論、それは少数派だ。だが、周りの感じが良いだけに印象に残りやすい。

とはいえこれは、特にサルスに限ったことではないのだが。他国あるあるだな、と国を跨《また》ぐ冒険者らしいことを考えながら、のんびりと散歩を続ける老婆を三人で見送った。

「それで、俺の魔力中毒ですか？」

「あ、はいっ、なったことがあれば、ですけど」

照れたように栗色の髪を触るジャッジに、リゼルが話の続きを口にする。

「ありますよ。俺は敏感肌になります」

「そ、そんなに症状って差があるんですね」

「俺とスタッド君は似てるほうですよ。ね」

「はい」

同意を求められたスタッドは心なしか満足げだ。

やや雲の多い青空は、歩いていても汗ばむことなく気持ちが良い。水路の水面も眩しすぎずに透き通っている。そんな散歩日和を、リゼルたちは久しぶりの雑談に花を咲かせながら楽しんでいた。

ジャッジが案内した店は首都にあるレストランだった。

歴史はあるが敷居は高くない。歴史というのも、地元民に愛され長く続いているというだけだ。飽き性なオーナーの意向で度々サルス内を移転するも、外観や内装は変われど雰囲気は変わらないという少し不思議なレストランだった。

常連客は店の場所が変わる度、またかと笑いながら足を伸ばす。自宅から近くなれば喜んで、遠くなればやれやれと苦笑を浮かべながら。ジャッジもサルスで時間ができる度に訪れる、お気に入りのレストランだ。

だが彼は今、その店内でどうすることもできずにいた。

「それはレプリカらしいので盗んでも割に合わないのでは」

「な、なんだお前は！」

「ちょっと、レプリカってどういうこと……？」

リゼルが席を外して数分で何故こんなに場が荒れるのか。

ジャッジは窓越しに見えるリゼルを振り返りながら、切実にその帰還を願っていた。


事の始まりは、三人が店の定番であるサルスの郷土料理を堪能していた時のこと。

ジャッジのついた席は、ちょうど向かいの席が見える角度だった。そのテーブルには男女の二人組が座っている。何かの記念日なのか、男がブローチを女に渡し、女は喜びに頬を染めて男に何度も感謝を口にしていた。

あまり見るものではないと思うが、自然と目に入ってくる分には仕方がない。ジャッジは幸せそうな光景に頬を緩め、久しぶりのサルスの味と、久しぶりのリゼルとの食事に至福の時間を過ごしていた。

「これは湖でとれるものなんですか？」

「ええ、専門の潜湖士《せんこし》により今朝水揚げされたばかりのものです」

和やかに給仕との会話を楽しむリゼルに、ジャッジはすぐに解《ほど》けそうになる口元を引き締めながら咀嚼《そしゃく》する。今まさに説明を受けたばかりの貝は美味で、リゼルの隣に座ったスタッドも黙々と料理を口に運んでいた。

ちなみに席の取り合いは二人の間では起きない。ジャッジはリゼルの正面の席を好み、スタッドはリゼルの隣の席を好むからだ。争うと負けるジャッジにとっては幸運すぎる解釈違いだった。

「潜湖士っていう職があるんですね。ジャッジ君は知ってましたか？」

「はい、僕は食品はあまり扱わないんですけど、爺さまが確か契約してたはずです」

「泳ぐのと潜るのとは何か違うんですか」

「泳げれば少しは潜れますけど、深く潜るのは相当な技術が必要だと思います」

スタッドは泳いだことがないようだが、それはジャッジとて同じく。

むしろリゼルが泳げるような発言をしたことが二人には地味に衝撃だった。その姿を想像してみたが上手くいかず、一体どこで泳ぎなど覚えたのかと問いかけてみようとした時のこと。

「あ」

ふとリゼルが顔を上げた。

ジャッジの正面にあるのが他の席なら、リゼルの正面にあるのは通りに面した大きなガラス窓。ジャッジも釣られるように振り返ってみれば、そこには翡翠《ひすい》色の髪を持つ冒険者が一人立っていた。ひらりと上げられた手に、リゼルも優雅に手を振り返す。だが冒険者は不貞腐れたような顔で困ったように視線を流し、再びリゼルを見据えると、持ち上げていた手の指先を小さく折るように手招いた。

スタッドが真顔でリゼルを見る。リゼルが弱ったように苦笑を零してそれを見返す。

「少しだけ良いですか？」

「嫌です」

「彼、どうしても話がしたいみたいなんです。長話にはならないので」

「Sランクが貴方に何の用ですか」

盛大に駄々をこねるスタッドを、ジャッジが諌《いさ》めることはなかった。

心情的には全くもって同意だからだ。久々に会えた機会に、他を優先されたくない。けれどジャッジたちがそう感じることを知っているからこそリゼルも遠慮気味で、スタッドが嫌がると知っているからこそ冒険者も無理強いはせずに店外で待っているのだろう。

もう一度チラリと振り返れば、据わりが悪そうにうなじを掻《か》く相手と目が合った。細い翡翠色の下から覗く、粗雑ながらも自信と渇望に満ちた冒険者らしい瞳。悩むように伏せられていたそれが、微かに眉を寄せながらも持ち上げられてジャッジを捉える。

リゼルの知人だと知らなければ、鬱陶しげに睨みつけられたと思ったかもしれない。

そんな手慣れた視線の上げ方だった。萎縮《いしゅく》しそうになるも、すぐに詫《わ》びるように片手が上げられる。それに安堵した。スタッドがSランクと言っていたので、ジルと同じく〝面と向かうと萎縮してしまうが話せばきちんと聞いてくれる人〟なのだろう。

高ランクの冒険者は総じて、強者ゆえの独特の雰囲気がある。同時に、ある種の安心感もひと匙《さじ》。低ランクほど相手に威圧的な態度になりがちなので、理不尽に絡まれることはないという確信からの安心感なのかもしれない。

「じゃあスタッド君も一緒に行きましょうか」

「……」

リゼルの指先が、フォークを握ったままテーブルに置かれたスタッドの手をつつく。

判断を促すように、誘い出すように、そしてほんの少しだけ甘えるように。それが随分と意外で、ジャッジは思わず目を丸くした。同時に、スタッドがリゼルの要望を受け入れざるを得ないだろうという決着も悟る。

なにせ、今まで甘やかされる一方だったスタッドだ。予想だにしないリゼルの言動にふいをつかれ、その真意を探るのに頭がいっぱいになっているに違いない。ジャッジだってそうなのだから。

「私は、Sランクに用はありません」

結局、自分が行ってどうなるのかという結論だけは出たのだろう。

ほぼ無意識にそう口にしたスタッドに、リゼルは誠実さを感じさせる声色で問いかけた。

「なら、一人だけ席を外すこと。許してくれますか？」

「………はい」

「ジャッジ君は？」

「え、あ、待ってます！」

渋々と頷いたスタッドと咄嗟に頷いたジャッジに、リゼルは褒めるように目元を緩めた。

そうしてようやく立ち上がる。そんな必要なんて何処にもないのに、そもそもジャッジたちの許可なんて必要ないのに、感謝を告げながら扉へと歩いていく姿をジャッジは呆然と見送った。

店員に少し席を外す旨を告げて、リゼルが扉の向こうへと姿を消す。とはいえ消えた姿も、すぐに窓枠に収まっている待ち人と合流したことが店内から窺《うかが》えるのだが。

「……リゼルさんって交渉上手だよね」

「今更では」

「そうなんだけど」

窓を凝視《ぎょうし》するスタッドの圧力に押されるように、ジャッジも再度リゼルを振り返る。

翡翠髪の冒険者と話していたリゼルがふと、こちらを向いた。偶然なのか、それとも視線に気づいたのか。どちらにせよ気にかけられているのが嬉しくて、向けられた優しいアメジストに引き締めたはずの口元が緩みそうになる。

照れたように笑って、同時に向けられた冒険者の視線から逃げるように前へと向き直った。相変わらず堂々とリゼルたちの姿を凝視しているスタッドは強い。盗み見を全く悪びれない。

「Sランクの人、久しぶりに見た」

「今のパルテダールにSランクはいません」

「あ、だよね。昔、爺さまの知り合いっていう人に会ったことあるけど」

ほんのりと酸味を感じる水を飲み、ジャッジはまだ幼いころに出会った冒険者を思い出す。

冒険者というものを全身で体現しているような、剛毅《ごうき》な人だった。筋骨隆々、大きな口を開けて大声で笑って、グラスに注ぐのも面倒くさいと瓶《びん》ごと酒を呷《あお》るような大酒のみ。武骨で巨大な剣は曖昧《あいまい》にしか思い出せず、時を超えての鑑定とはならなかったが、恐らく特異な迷宮品などではなかったはずだ。

大きな掌《てのひら》は硬くて傷だらけで、力強く撫でてくる手の温度をやけに覚えている。

「リゼルさんと真反対の人だったかも」

「同軸に立つ冒険者は存在しないのでは」

「そうかも……。もう一人、新しく貴族っぽい人が冒険者になったらどうする？」

「二度目ともなれば然して面白みもないでしょう」

面白み、という単語がスタッドから出たことに驚く。

同時に、他の冒険者がそう感じることはないということかと思い至った。リゼルが冒険者になった時には、かなりの問い合わせが冒険者から寄せられたという。その騒動は回避できるだろうと、どうやらそういった意味らしい。

「確かに、騒ぎってほどにはならないかも」

なにせリゼルという最大の前例ができてしまったのだから。

そもそも冒険者は数多《あまた》の国を股《また》にかけ、数多の迷宮の無茶ぶりに応える順応性抜群の者たちばかり。そんな彼らを、あるがまま行動するだけで振り回せるリゼルが特殊なのだろう。ただ貴族らしいというだけでは、冒険者は唾《つば》を吐き捨てて終わるのだから。

「王都の人たち、特にリゼルさんに慣れてるし」

「迷宮とあの方が同列に語られるのも慣れた結果ですか」

「……あ、迷宮だから仕方ないのこと？」

どうだろう、とジャッジも思わず口ごもる。肯定するのも複雑だが否定もできなかった。

真顔でリゼルを凝視し続けるスタッドに、ジャッジは何と応えれば良いのかと必死に考える。

だが視界の端に、ふいに顔を真っ青にして周囲を見回す女の姿を捉えて思考を止めた。先程、向かい合う男からブローチを贈られていた相手だ。

彼女は慌てたようにテーブルの下を覗き込み、スカートを掻き分ける。必死に何かを探す様子に、どうしたのだろうと心配を覚えた。そちらに意識を向ければ、ちょうど男へと泣きそうな声で訴えかけるのが聞こえてくる。

「どうしよう、何で、ブローチがないの……っ」

大切にテーブルに置かれていた箱の、中身だけが忽然《こつぜん》と消えたという。

あまりにも奇妙な状況に、ひとまず落ちてはいないかと男も足元を探し、己のポケットへと手を突っ込んだ。それを見て、ジャッジもさりげなく自身のテーブルの下を覗き込む。

「スタッド、ブローチとか落ちてない？」

「銅貨しか落ちていませんが」

「あ、本当だ……後でお店の人に知らせておくね」

男女に聞こえないよう、潜めた声には普通の声量で返事があった。

気づいた男女が同時に顔を上げ、恥ずかしげに、申し訳なさそうに曖昧に笑う。ジャッジも盗み聞きしていたような後ろめたさを感じて、大丈夫だと伝えるように慌てて首を振った。

「どのようなブローチですか」

「スタッド、声小さく……、えっと」

男女がブローチの捜索に戻るのを確認し、ジャッジは少しスタッドへと身を乗り出した。

スタッドが興味のない話題に確認を重ねるなんて珍しいなと、僅かばかり不思議に思いながらもブローチの特徴を説明する。

「夕日石のレプリカ……ゆらゆらした橙色《だいだい》の石がついたブローチなんだけど」

弁解だが、ジャッジはそれほどまじまじと男女二人を眺めていた訳ではない。

ただ、鑑定士の性《さが》か。視界に入ったそれを見て無意識に「あ、夕日石……のレプリカかな？」と思ってしまっただけだ。とはいえ他人に勝手にそんなことを思われていては嫌だろうという自覚もあるので、極力小声でスタッドへと伝える。

「分かりました」

「え、何が……」

ジャッジが問いかけるも意に介さずスタッドが立ち上がる。

一体どうしたのかと見上げるジャッジの前で、彼は至って平然と席を離れて斜向かいテーブルで足を止めた。そこではいつの間にか入店していた男性客が一人、落ち着いた様子で食事を待っている。

もしや彼の足元にブローチを見つけたのだろうか。

ジャッジはスタッドの突然の行動に申し訳なさを覚えながらも見守る。足元を失礼と、スタッドが男性客に向かってそう口にするのを疑いもせずに。

「それはレプリカらしいので盗んでも割に合わないのでは」

「うわー！」

ジャッジは椅子から転げ落ちそうになりながらもスタッドの腕を鷲摑みにした。

鬱陶しそうに見られるもそれどころではない。責めるでもなく、声を張り上げるでもなく、まるで道を尋ねるかのように淡々と口にされた窃盗の告発に誰もついていけていなかった。

ジャッジは必死にスタッドを引き留めている。男女はぽかんと口を開けて男性客ではなくスタッドを見ている。そして当の男性客はといえば、こちらも唖然と盗人疑惑をかけてきた相手を見上げていた。

そんな奇妙な空間は、我に返った男性客の狼狽《うろた》えきった声に氷解する。

「な、なんだお前は！」

「スタッド、待って、え、何で⁉」

ジャッジの問いかけはあらゆる意味を孕《はら》んでいた。

だがスタッドは、何を分かりきったことをと言わんばかりの声色で告げる。

「あの方が戻ってきた時にゆっくり食事ができない事態は避けるべきでしょう」

「それは、そうだけど……」

「あの方に集まる視線を利用して盗みを働くような真似は正直不快です」

「それなら、まぁ、そうなんだけど……っ」

「盗むところは見ていたので間違いありません」

「じゃあその時に言ってよ……！」

スタッドがいつ、ブローチを盗む瞬間を見たのか。

それはリゼルが店を出ていく時だ。誰もがその姿を追った時、当然ながらスタッドもそちらを凝視していたのだが、座っている位置が位置だったので自然と視界に入った。リゼルと入れ替わるように入店した男性客が、男女のテーブルへとすれ違い様に手を伸ばしたところが。

その時は特に何も思わず流した。何故ならリゼルを見送るのに忙しかったから。

だが落ち着いて考えてみれば、ブローチの紛失が大事になるとリゼルとの食事の弊害になるので。

「さっさとブローチを返して憲兵にでも出頭してください」

「スタッド、サルスは憲兵じゃなくて自警団……」

「なら自警団に出頭してください」

いやそういう問題じゃない、とジャッジは自分で自分に突っ込んだ。

だがそんな余裕があったのも一瞬のこと。憤《いきどお》ったように男性客が立ち上がった。勢いのついた椅子がテーブルの脚にぶつかる音が心臓を震わせる。思わず肩を竦め、スタッドから手を離してしまった。

あ、と思った時にはもう遅い。

「言いがかりだ、もう良い、どけ！」

動揺も露に声を荒らげた男性客が、スタッドを突き飛ばそうと手を伸ばす。

けれど叶うはずもなく。その手は一瞥したスタッドにぞんざいに払われ、空を掻いた。スタッド

の手元に冷気が舞う。けれど彼は何かを思ったのか、掌を握り締めるように魔力を散らし、バランスを崩して倒れていく男性客を見もせずにただ窓の外を眺めていた。

人一人が倒れ込む鈍い音が店内に響く。

聞こえた呻《うめ》き声に、ジャッジは強張った肩から力を抜いた。

「良かった……」

流血沙汰になったらどうしようかと、とジャッジから安堵の声が零れる。

正直、スタッドならやりかねないと思ってしまった。咄嗟に腕を掴んだのもそのためだ。

「あ、そうだ、ブローチ……！」

何事もなかったかのように席についてしまったスタッドと入れ替わるよう、ジャッジは立ち上がる。男女はどうしただろうかとそちらを見れば、男が庇《かば》うように女の前に立ったまま固まってしまっている。

本当ならば、ブローチを探すのは本人たちに任せたほうが良いだろう。けれど。

「っくそ！」

「あ！」

そんなジャッジの逡巡《しゅんじゅん》の隙をつき、床に倒れた男性客が逃げ出そうと駆け出した。

だが慌ててスタッドに声をかける寸前、厨房にいたはずの店員が追いついて取り押さえてくれる。

そこでようやく、男性客は抵抗を諦めたようだった。ジャッジも胸を撫で下ろす。

これで一件落着かと、気を抜こうとした時だ。

「ちょっと、レプリカってどういうこと……？」

騒動の余韻がいまだ残る店内に、震えた声が落ちる。

しまった、とジャッジの顔から血の気が抜ける。どうやら男側はそれを隠していたらしい。

「貴方、これ本物だって言ったのに」

「いや、それは……っ」

「ち、違うんです！」

盛大に言い澱《よど》み、狼狽える男にジャッジは咄嗟に口を挟んだ。

「それ、とても良い品で！　細工も、同じ工房のジャーニーマンが丁寧に仕上げてくれてて、本物と遜色《そんしょく》ないし、夕日石もレプリカの中で最上のものを削り出してるのがひと目で」

「やっぱりレプリカなんじゃない！」

「そ、そうじゃないんです……っ」

言いたいことが上手く伝えられない。むしろレプリカとしての説得力を上げてしまった。

ジャッジは混乱と申し訳なさで気を失いたかったし、男のほうも本物だと見栄を張ってしまった手前反論できない。先程とはまた種類の違う修羅場に、店員も男性客もどうすることもできず男女を窺っている。件《くだん》のブローチは、所在なさげに店員の手に収まっていた。

しかし何も言えずに眺めていようが、事態は順調に悪化の一途を辿る一方で。

「っ悪かったな、レプリカで」

「なんで貴方がそんなこと言うの……？」

平常心なのはスタッドだけだ。我関せずと皿に盛りつけられたサラダを頬張っている。

ジャッジはもはやどうすることもできず、ただ呆然と立ち尽くすことしかできなかった。

けれど、そんな彼に救いの手が伸ばされる。

「大丈夫ですか?」

柔らかな温度に優しく背を撫でられ、半泣きで振り返る。

「リゼルさん……っ」

「スタッド君も。泥棒退治、上手にできましたね」

「最大限加減しました」

自分も褒めろとばかりのスタッドをリゼルが撫でる。

ジャッジが窓のほうを見れば、先程まで見えた翡翠色は姿を消していた。どうやら話を中断させてしまった訳ではなく、きちんと話し終えてから戻ってきてくれたようだ。ようやく心から安心できた気がして、リゼルの掌に促されるままに自らの席に着く。

「お二人も、どうか落ち着いてください」

リゼルが男女二人にも声をかけた。

「折角の食事が美味しくなくなってしまいますよ」

穏やかな微笑みと共に紡がれた言葉は、逸《はや》らずゆったりとしていた。

間延びはせずに聞き取りやすい。柔らかな話し方は決して気弱ではなく、きっと伝えたいことを過不足なく伝えられるのだろう。ひと言ふた言で、そう納得させるような声色だった。

そんなリゼルに、男女もようやく沈着する。

「あ、その……？」

「え？」

やや混乱気味だ。

興奮状態の時、真横からいかにも貴族然とした男に声をかけられればこうなる。己がどういった場にいるのかが一瞬分からなくなるのだ。ともあれ落ち着いたので結果オーライだろう。

「その、ごめんなさい……お食事の邪魔をしてしまって」

「邪魔とかではないですよ。気にしないでください」

リゼルは微笑みを絶やさず言葉を続ける。

「けど、あの子の言葉は信じてあげてください。とても優秀な鑑定士なんです」

流されたリゼルの視線に、釣られるように男女がジャッジを見た。

ジャッジは慌てて背筋を伸ばす。褒められたのが嬉しくて、熱くなる頬を隠すように顔を俯けた。

直後、気に入らないとばかりにテーブルの下でスタッドの爪先に攻撃され、痛みに悶《もだ》える羽目となったが。

「彼が言うなら、ブローチは本当に良いものですよ。レプリカというのも決して偽物ではありません。手の届かないものに少しでも触れられるように、そう願われて丁寧に作られたものなんです」

「それは……」

「貴女《あなた》のパートナーも、貴女に喜んでもらいたい一心で見栄を張ってしまったんでしょうね」

嘘《うそ》はダメですけど、と茶化すように告げたリゼルに、男はバツが悪そうに顔を逸らした。

少しの情けなさを感じる仕草だが、彼女にとっては違ったのだろう。女は涙に赤く染まりかけた目尻を緩め、くすりと苦笑にも似た笑みを浮かべる。仕方なさそうな、慈《いつく》しみの籠もった笑みだった。

リゼルはそれを見て、今度は男へと口を開く。

「これも、俺が言うまでもないことではありますけど」

分かっているだろうと、その背を押すように敢えてそれを口にした。

「彼女が悲しんだのは、ブローチではなく貴方に嘘をつかれたことなんでしょう」

そうしてリゼルは口を挟んだことを謝罪し、ジャッジたちの待つテーブルへと戻る。

そのまま何事もなかったかのように食事を再開した。一体呼び出しは何の用だったのかと尋ねるスタッドにも隠さず答え、あれが美味しいこれが美味しいと会話する。ジャッジもそれに加わる内に、盗人は自警団へとしょっ引かれていったようだった。

視界に映りこむ男女は、今が最上の蜜月《みつげつ》とばかりに見つめ合い、謝罪を口にしあい、盗人など忘れたかのように寄り添いながら店を出ていく。その胸には、夕焼け色をした石が煌《きら》めいていた。

良かったな、と素直に思う。

「そういえば、ジャッジ君は嫌いなものがありませんね」

「あ、はい、食べ物はあまり。でも、あんまり辛いのは食べれなくて」

そしてジャッジは、もう何も憂《うれ》うことはないと幸せな時間を存分に堪能するのだった。

その後は特にトラブルもなく、三人はサルスの街並みを楽しんだ。

ジャッジの馬車は性能の良い魔物避けをつけている。他にもいろいろと対策済みであるので、多少は夜の走行にも耐えられる馬車だ。とはいえ、いざという時に対応できる優秀な護衛がつけば、という註釈《ちゅうしゃく》は必要だが。

よって往路はスタッドと仕事終わりに合流し、王都を出てから大分暗くなるまで馬を走らせた。言うまでもなく、なるべく早くにリゼルと会いたかったから。ならば帰りも、ギリギリまで一緒にいたいものだから。

「そろそろ宿に行きましょうか。君たちが遊びにくるって伝えたら、宿のお婆様が随分と喜んでくれましたよ。腕によりをかけた夕食をご馳走《ちそう》してくれるみたいです」

「わ、嬉しいです！」

「宿も探す予定でしたができれば貴方と同じところが良いです」

「それも大丈夫、一室頼んでおきました」

帰りは一泊した翌早朝。最も出発を引き延ばした予定だ。

最初からそう決めて、手紙に書いておいたジャッジの密かな期待をリゼルは叶えてくれた。これから明日の朝までのことを想い、浮ついた気持ちに抗うことなくジャッジはふにゃふにゃと笑う。

「ジルさんとイレヴンも一緒ですか？」

「どうでしょう、伝えてはいるんですけど」

「そういえば後一人増えたらしいですが」

「あ、会いましたか？」

「えっ⁉」

そうして三人は、茜《あかね》に染まる水路の脇道をのんびりと歩いていった。

178.

ジャッジとスタッドの前には、所狭しとテーブルに並べられた料理の数々。

肉、魚介、野菜に果物。揚げ物、焼き物、酢漬けや煮つけ。バリエーションに富んだ食卓は絢爛《けんらん》豪華とはまた違い、気が引けることはなくとも心が浮足立つような彩りであった。

目を輝かせる年下二人に、同じ席に着いたリゼルも微笑ましそうに目元を緩める。

「どうかしら、足りなかったら言ってちょうだいね」

「十分ですよ。想像以上のご馳走で驚きました」

「折角のお客さんだもの。お腹いっぱい食べてもらわないと」

また一皿、料理を運んできた老婦人が上品に笑いながら告げた。

リゼルが手伝おうとするも、いいのよと可笑しそうに断られてしまう。

リゼルは、食べられるだろうかと食卓に並ぶ皿を見渡した。大皿、深皿、その隙間を縫《ぬ》うように酒瓶も溢れるほど。

とはいえジャッジもスタッドも働き盛りの食べ盛り。この二人は飲みながら食べられるタイプであり、むしろ飲みながらだと食欲が増すタイプだ。思った以上に食べるのは、王都で一緒に食事を共にする内に知っている。

「今日はイレヴンと迷宮に行ったんですか？」

「違ぇよ。あいつ魔法陣目当てだろ、未踏破にはついてこねぇ」

更にはジルもいるので、イレヴン不在でも十分に食べきれるだろう。

ちなみにイレヴンは普通に出かけている。一応リゼルもジャッジたちが来ることは伝えていたが、「へー」という返事と共に世間話として流された。いつものことなので誰も気にしない。

クァトも同じく、今日も元気に冒険者活動中だ。こちらはそろそろ帰ってくるかもしれない。

ジルとて二人を歓迎する訳でもなく、普通に食堂で夕食をとるノリでこの場にいるだけだ。

「えっ、ジルさん、まだ踏破してない迷宮があるんですか？」

リゼルの正面に座るジャッジが、いかにも意外そうに隣に座るジルを見た。

それに対して、ジルは椅子の背凭《せもた》れに体重をかけながら呆れたように視線を投げる。思わず笑みを零したリゼルが、自身の隣に座るスタッドにグラスを回してやりながら口を開いた。

「厳しい指摘をもらっちゃいましたね、ジル。一流の鑑定士の見立てでは、もうサルスの迷宮を全踏破しててもおかしくないみたいですよ」

「え!?」

「そりゃ失礼。確かに急いじゃなかったな」

「ち、違……っ」

戯れるような会話に、ジャッジは必死で弁解を始める。

だが向けられた悪戯っぽい眼差しに、あるいは皮肉っぽく歪む口元に、すぐに揶揄《からか》われたことに気づいた。熱くなった顔を俯かせ、肩を丸めて意味のない呻き声を零す。

「今の気分はどうですか愚図《ぐず》」

「埋まりたい……」

更にスタッドにまで追い打ちをかけられた。

「さ、召し上がれ」

そして最後に水瓶を持ってきてくれた老婦人に促され、四人は食事に手をつけ始めた。


ジャッジとスタッドは、リゼルたちがいなくなった後の王都の様子をよく話してくれた。とはいえそれ程長く離れている訳でもない。ギルドで他の冒険者たちから時折「サルスで貴族さん見た」という目撃証言が出たり、道具屋を訪れた客が「最近見ないなぁ」と話していたりなど。おおむねサルスにいることは知られているようだ。

リゼルは元の地位からそういった噂話に慣れているが、ジルは奇妙だと思わずにはいられない。何故に話題に挙がるのか。国から国へと移動する冒険者だ、余所のパーティが何処に行ったのかなどいちいち気にはしないだろうに。

何が一番奇妙かというと、それらを当たり前のように話すジャッジとスタッドなのだが。

「おう、賑《にぎ》やかだな」

その時だ。

食堂の扉を大きく開けて姿を現したのは、何本もの酒瓶を指に挟んでぶらさげた老輩だった。それを持ち上げ、得意げに歯を見せて笑う姿を見るに差し入れなのだろう。リゼルは微笑んで礼を告げ、ジルは酒瓶のラインナップを一瞥して唇の端を持ち上げる。

「誰ですか」

「宿の旦那さんです。元冒険者なんですよ」

スタッドも老輩を一瞥し、リゼルの言葉に納得したように頷いた。

老輩が冒険者を引退する時には、スタッドは既にギルドに引き取られていただろう。まだまだいろいろなことを勉強していた時期らしく、表に立つこともなかったため、どうやら見覚えはないようだ。

だがジャッジは違ったらしい。口を半開きにして、老いて尚頑強な老輩を見上げていた。

「あ、あの、もしかして昔、爺様と」

「あん？」

ジャッジの声にそちらを見下ろした老輩も、ふと眉根を寄せて思案顔を作る。

だがそれも一瞬のこと。老輩は機嫌が良さそうに目を見張り、酒瓶をテーブルに叩きつけるように置きながらジャッジの肩を叩いた。

「おっ、お前アレか。インサイんとこのチビか！」

「ご、ご無沙汰してます！」

「おいおいでっかくなっ……、……本当にでけぇな、爺似か！」

挨拶と同時に立ち上がったジャッジに、老輩は喜び半分呆れ半分といった口調で告げる。

だが再会を喜ぶように力強く背中を叩かれ、ジャッジも照れたように眉を下げた。そこでようやく、顔見知りだったのかと眺めるリゼルたちの視線に気づいたのだろう。はしゃいだ姿を恥じるように眉尻を下げ、再び腰かける。

「その、子供のころに爺様に紹介してもらって……僕が、初めて会った冒険者なんです」

「君が冒険者向けの道具屋をしているのも、その出会いがあったからですか？」

「お、孫も商売人やってんのか」

「はい、一応……」

「とても優秀なんですよ。鑑定もできて品揃えも良いって評判で」

「冒険者相手にすんにはちょいと弱腰みてぇだけどなぁ」

「実力もあって誠実だから、勢いで押さなくても相手を納得させられるんですよ」

隣のテーブルの椅子にどかりと腰かけて笑う老輩に、リゼルも可笑しそうに話す。

存分に注がれる賞賛に、ジャッジは口も挟めずに緩む唇を噤《つぐ》んでいた。深い喜びと少しの羞恥《しゅうち》に顔が熱い。けれど、贈られた言葉を否定も肯定もできない。

これ以上ないほど嬉しい褒め言葉を、逃げずに受け止めることが何故これほど難しいのか。どうして、否定も肯定もできないのか。

それはジャッジが常々、リゼルの褒め言葉は他者を必要としないと感じているからだ。

その賞賛は美術品を愛《め》でるのに似ていて、リゼル一人の心の内で酷く完結している。まるで、一人きり画廊にいるかのように。他人の目などない、作品を解説する案内もいない、自分の足音だけが聞こえる静寂に満ちた空間で、心惹《ひ》かれた絵画に足を止めるように。

対象からのレスポンスすら求めず、柔らかな眼差しで作品を愛でるのだ。

美術品が相手なら口にする必要のない感想を、けれどジャッジには伝えてくれるものだから、それは何の意図もなくリゼルの本心そのままで。否定などできるはずもなく、肯定すら必要とされず、ならば「そんな、リゼルさんのほうが」などという会話の様式美など無粋《ぶすい》にしかならないだろう。

結果、ジャッジは嬉しいのを隠しもせず、ふにゃふにゃと笑うことしかできなかった。

「何を気持ちの悪い顔をしているんですか愚図」

「き、気持ち悪くはない……はず」

ジャッジは熱を持つ頬を、エールを流しこむことで冷まそうとする。

そうしたところで、別の意味で余計に熱を持つことになるのだが。ああ、美術品のように賞賛も靴音も変わらないとばかりに聞き流せれば良いのに。

そう思いかけて、いやそれは勿体ないなと思い直す。

リゼルの誉め言葉は物凄く嬉しい故《ゆえ》にどれだけでも欲しい。それが真理だ。

「にしても孫は冒険者特化か」

「いいえ、そういう訳でもないんですよ。ね、二人とも」

「まぁ何でもあんな」

「必要なものがなかったことはありません」

「だから、冒険者以外にもお客さんが多いみたいです」

三人の言葉に照れるジャッジを尻目に、老輩は「じゃあ冒険者向けってのは何なんだよ」という顔をしていた。店主が自らの店をそう銘打っているのなら、何がどう問題があるという訳でもないのだが。

「これロマネの酒か」

「え、凄い……っ」

「おう、大盤振る舞いだろ。貰《もら》いモンだけどな」

ふいに老輩の持参した瓶を手に取り、ジルが珍しく感心したように告げた。

ロマネというのはリゼルも聞いたことがある。酒好きのジルやイレヴンから時々出てくる国名だ。一度調べたこともあるが、酒造りで有名な国ということしか分からず、解説はむしろ出回っている酒についてのものが多かった覚えがある。

「ロマネ公国、ですよね」

「そうです」

盛り上がるジルたちを尻目に、ひたすら酒と料理を口に運んでいるスタッドへとリゼルは問いかけた。彼は手を止めて、ラベルや瓶から値段以外の価値を看破《かんぱ》して解説するジャッジを一瞥し、あまり興味がなさそうに口を開く。

「あまり広くはない領地で、城壁の中一面に畑が広がる国だと聞いています」

「スタッド君は行ったことないんですね」

「必要ないので。後は、厳しい入国制限が敷かれていることでも有名です」

「そう言われると行きたくなります」

向けられた視線に、リゼルは冗談っぽく告げた。

冗談には違いない。入国制限が厳しいとなれば冒険者はまず無理だ。国の名前がブランドになるほどの酒造りの聖地、苗木一つ、畑の土ひと掬《すく》いであっても門外不出の技術が用いられているのだろう。

植物というのは、増やそうと思えば種一つで増やせてしまう。技術や品種の漏洩《ろうえい》を防ぐためだと思えば、入国制限にも納得できた。ついでに、外部から変なものを持ち込まれるのも防げる。

「公国なら、どこかに君主国があるんですか？」

「昔はあったらしいですが」

「あ、成程」

名前だけ残っている、というのも珍しいことではない。

本当に〝君主を抱く貴族による独立統治〟という意味ならば、商業国《マルケイド》や魔鉱国のほうがよっぽど意味が近いだろう。とはいえあそこは機能を特化することを選んでいる、もとい職人気質が強すぎるので、パルテダールから完全に独立することはないだろうが。

面倒なことは上に丸投げしているともいう。シャドウも大侵攻に怒りこそすれ、その後のサルスとのやり取りは可能な限り王都の上層部に丸投げしていた。賠償関係だけはしっかり希望を通したようだが。

「流石に美味《うめ》ぇな」

「本当だ、美味しい……！」

「おう、飲め飲め！　そっちの行儀良い二人はどうだ！」

「いただきます」

スタッドは酒の味にこだわりはないが、貰えるものは貰う男だ。

リゼルもさりげなくジルを窺ってみたが、希少だという酒を遠慮なく飲みながらも眉を寄せられる。飲むな、と露骨に訴えかけてくるそれに、少しばかり残念に思いながらも諦めた。

「俺は大丈夫です」

「何だ、飲めねぇのか」

「飲みたい、とは思ってるんですけど」

リゼルはいまだに酒の特訓を諦めていない。

元の世界では諦めざるを得なかったが、こちらでは貴族の体裁その他いろいろ何もないのだ。チャンスは今しかない。ただ、覚えてはいないものの何やら面倒はかけているようなので、後を任せられる相手を確保してからでないと飲めないのが難点だった。

その筆頭であるジルが全く許可をくれない。

ならばイレヴンに、とは思うも彼は宿で一人飲みするタイプではなかった。二人で外食という機会も多いのだが、どうやら外で酔わせてくれる気はないようで、なかなかタイミングが摑めない。

「うちの婆さんも飲まねぇし、魔力が多い奴はなんかあんのかね」

「それは関係ねぇだろ」

「知人にとにかく魔力が多い方がいますけど、お酒は強いですよ」

「私も魔力は平均以上ありますが弱くはありません」

気品を感じる酒瓶たちを囲みながら、そんなことを話していた時だ。

また食堂の扉が開く。覗いた褐色《かっしょく》の肌、鈍色の髪と瞳に、リゼルは良いタイミングだと微笑んだ。

「クァト」

見知らぬ顔があるからだろう。

遠慮気味に覗く彼を、リゼルはちょいちょいと手招いた。招かれれば遠慮はしないのか、クァトも今度は気が引けることなく食堂に足を踏み入れる。テーブルの上に並べられた豪華な食事を、彼は目を瞬かせながら眺め始めた。

リゼルは隣に立ったクァトを掌で指し示し、スタッドとジャッジに向き直る。

「紹介しますね。さっき話に出た、？」

クァトがやや身構えている。

その視線の先にはスタッド。だがスタッドは我関せずと鈍色の瞳を一瞥するのみ。

「あ、スタッド君にはもう会ってましたね」

「会った。……会った？」

「会話はしました」

スタッドがふと会話を切る。

彼はそのまま視線をクァトからリゼルへと移し、そして。

「指を二本折られました」

「折ってない!!」

「こいつのせいで折れました」

「おっ……っ……折っては、ない……」

全力で言いつけた。

この件で誰が悪いかといえば、初対面の相手を前触れなくぶん殴ったスタッドが悪い。誰がどう見ても悪い。一切の容赦なく全力でぶん殴ったし、直前には命すら狙っていたのだから。

けれど彼はそんなことなどおくびにも出さず、堂々と被害者面をしてリゼルに言いつけた。何故ならスタッドにとっては己の行動は全て無意識でのこと。悪意がなければ咎《とが》められはしないだろうと、当たり前のように思っているからだ。

勿論そんなことはない。もしそうなら精鋭らの大半は罪人指定を受けていない。

そんなスタッドの謎理論だが、クァトが口喧嘩初心者だったためにゴリ押しで通用しかけていた。

「そうなんですか?」

「そうです」

「俺は、手、出してない……!」

問いかけるリゼルに、淡々としたスタッドと、必死の弁解をするクァト。

ジャッジは何となく事情を察しつつも、スタッドが個人的に暴力的な手段をとったことには、リゼル関係で何かあったのだろうなと複雑そうな顔をしている。怯《おび》えれば良いのか、同意すれば良いのか、そのどちらをどちらに向ければ良いのか分からなくなっている顔だ。

「スタッド君は何か嫌なことをされたと思って手が出たんですか？」

「何もされていませんが殴りました」

悪びれないスタッドにジルと老輩は引いた。

反面、リゼルは苦笑しながら再び問いかける。

「じゃあ、何か言われた？」

「……貴方との出会いを」

スタッドが端的に告げる。それでリゼルとジルは全てを理解した。

詳細までは伝わっていないようで何よりだろう。もし全容をスタッドが知れば、休日を使って信者たちの息の根を止めに行きかねない。彼らはサルスに身柄を拘束されている。その警備は言うまでもなく厳重だろうが、スタッドは昔取った杵柄《きねづか》とばかりにこなしてみせるはずだ。

本人に言わせれば、昔ほどは動けないとのことだが。

「スタッド、出会いって？」

「俺と会ったころは、ちょっとヤンチャしてたんですよね」

「ヤンチャ、してた」

気になる、と問いかけたジャッジにリゼルがそつなく返す。

聞いても楽しくはならない話題を、折角の賑やかな席で持ち出すこともないだろう。そう考えてのリゼルの簡易的な説明に、そのとおりなのでクァトもすんなりと頷けば、意外そうに二人を見比べていたジャッジが何かに思い当たったように告げる。

「あ、イレヴンみたいにですか？」

「イレヴンのほうがヤンチャでしたね」

「タチの悪さで言やあっちがダントツだろ」

「悪《わる》へビは期待を裏切らねぇなぁ」

ジャッジはイレヴンの経歴を知らない。

よって彼が独断と偏見《へんけん》でイメージしたヤンチャは、実際の悪行と比べると可愛らしいものだ。だが、そのお陰でジャッジの精神状態は健康に保たれていた。なにせ仕事でリゼルを誘拐《ゆうかい》したクァトとは違い、イレヴンはというと遊びで殺しにかかってきたのだから。

実害が出たのは前者だけとはいえ、ヤンチャ度合いで言うと圧倒的に後者が強い。

「クァトも一緒に食べますか？」

「食……、んん、夜の迷宮、行きたい」

「あ、良いですね」

良いですね、とは。

そんな視線が集まるなか、リゼルとクァトがのんびりと話していた時だ。追加のパンを運んできた老婦人が、二人の会話を聞いて微笑ましげに口を開く。

「あら、クァトさん迷宮に行くの？　じゃあ、これでサンドイッチ作ってあげましょうか」

「食べる！」

「少しサラダとベーコンを分けてちょうだいね」

おい、と手を出しかけた老輩を気にせず、老婦人はテーブルの上からサラダとベーコンステーキの皿を引き寄せた。一緒に持ってきていたナイフでパンを半分に切っていく。

「ジルさん、新しいベーコンを焼いてあげるから拗《す》ねないんですよ」

「拗ねた覚えはねぇよ」

多少は目で追ったかもしれないが。

「おい、止めねぇのか」

老輩が苦虫を噛《か》み潰したような顔で告げる。己の発言の矛盾を自覚しているような顔だった。

焼きたてのパンを割る軽い音と共に、香ばしい匂いが漂ってくる。テーブルの上にはチーズもあれば塩漬けの肉、オリーブオイル漬けの野菜もあるので、薄く切ったパンにそれらを載せるのも良いかもしれない。

リゼルはそんなことを考えながら、老夫婦の慣れたようなやり取りを眺めていた。

「いやぁね、自分だって『夜は稼ぎ時だ』なんて迷宮に潜っていたのに」

「一人で潜ったこたぁねぇだろうがよ」

「大丈夫よ、クァトさんなら。疲れて寝ちゃっても問題ないもの」

ねぇ、と茶目っ気のある老婦人の笑みを向けられ、クァトが一度だけ目を瞬かせた。

「ちょっと嚙られても、ビックリするだけで済むものね」

リゼルとジルが感心したように老婦人を見つめる。

スタッドも心当たりがあって頷き、ジャッジだけが答えを求めて視線をさ迷わせた。

当のクァト本人はというと、驚いたように口を半開きにしている。何故なら彼は、戦奴隷《ソードダンサー》らしい姿を老夫婦の前で見せたことがないからだ。アスタルニアで宿主を死ぬほど驚かせて以来、戦いの場以外では刃を出さないほうがいい、というリゼルのアドバイスを律義に守っている。

だが老輩は、そのこと自体は然して気にかけてはいないようだった。

「戦奴隷っつっても駆け出しじゃねぇか」

「なら猶更、たくさん失敗しておいたほうが良いわ。まだ若いんですもの」

「つってもよ」

「ほら、クァトさん。気をつけていってらっしゃい」

実力云々の前に、まずソロで夜の迷宮に挑もうとするなと。

そう常識を教えようとした老輩は、危険じゃないなら良いじゃない派の老婦人に押し負けた。

それらを尻目に、ジルはほのほのと微笑んでいるリゼルを眺める。その眼には諦めが浮かんでいた。そもそも常識以前の問題で、クァトの事実上の指導者はリゼルなのだ。いろいろと遅い。

「お爺様は彼らを知ってるんですね」

サンドイッチを携えて元気に宿を出発したクァトを見送り、リゼルが問いかける。

その隣では、ジャッジがジルに戦奴隷が何かを質問していた。体から刃物が生える奴ら、という雑な返答に一気に混乱している。

魔法かなぁ、と何とか納得しようするジャッジに、戦奴隷に魔力はないことをジルは教えない。説明しろと言われてもできないし、何より面倒臭かったからだ。

「群島にいる奴らだろ。俺が知ってる奴よか、随分と喋《しゃべ》れるみてぇだけどな」

「言語が違うんですよね」

「おう。俺らが会ったのが、あいつの爺さん婆さん世代か。半分ぐらい何言ってっか分かんねぇぞ」

本人らに隠れる意図はなくとも、隔絶された地に住んでいれば当然だ。

恐らく古代語なのだろうが、古代語といってもとにかく幅が広い。エルフのように音色に意味を込めるのは最も古い言語だといわれている。そこから今に移り変わるまでの何処かの言葉なのだろう。

「言葉が違うとは」

「あ、そうですね」

パスタを盛りながらスタッドが言う。ジャッジも不思議そうな顔をしていた。

別の言語、という意味そのものがピンと来ないらしい。リゼルもエルフの手紙だという楽譜に出合わなければ考えもしなかったし、元の世界でも極々最近になって研究が始まった分野だ。

恐らく、こちらでも誰かが研究しているだろう。むしろアリムがその筆頭かもしれない。リゼルはなるべく分かりやすく、できるだけ簡潔に二人に説明した。

「昔は違う言葉を喋ってた、なんて不思議ですね……」

「商人なら話せたほうが有利だと思いますが」

「どうだろ……群島と取引する予定はないし、大丈夫だと思うけど」

リゼルの説明は理解できたが、ジャッジとスタッドには全く現実味がない。

物語の中みたいだ、というのが正直な感想だろう。気持ちは分かるとリゼルも苦笑した。

そんなジャッジたちの手は、絶えず料理をつつき酒を傾けている。リゼルが自らの前にある大皿を寄せてやれば、それに礼を告げたジャッジが嬉しそうに綻《ほころ》んだ口元を開いた。

「全然違う言葉が今みたいになってるって、なんだか凄いです」

「ですよね。けど、今も少しずつ変わってるはずですよ」

「何処がですか」

淡々としたスタッドの眼差しに、リゼルは可笑しそうに微笑む。

「アイン君たちが、ヤバイ、だけで会話しているところを見ると、会話はこれだけ簡略化と効率化ができるんだなって感動します」

ジャッジは失神しかけた。

だが、すぐに椅子の脚をジルに蹴られて復活する。多大な手加減はしてもらえたが、現実逃避だけは許されなかった。今にもリゼルが「俺も使ってみようかな」と言い出しそうなところが現実逃避ポイントだったというのに。

「正確に意味を読み取るにはその場の空気が必須なので、文章では」

「止めてやれ」

「え？」

具体的な運用を示唆《しさ》してやるなと、ジャッジに同情したジルに止められる。

ジルとて嫌だ。いかにも手探りで「やばい」を使って得意げな顔をするリゼル、というのが容易に想像できてしまうだけに未然に防いでおきたかった。リゼル的には、ひと言で肯定も否定も共感も拒絶も表現できるという画期的な発見だったというのに。

ちなみにスタッドは無表情でリゼルを凝視していた。彼が何を思っているかは分からない。

「言葉も変化を止めるべきじゃないと思うんです」

「そこに文句はねぇけどな」

「支配者さんも〝停滞と完成は害悪〟って言ってましたし」

サラダに向き合いながら告げるリゼルに、老輩が驚いたように飲みかけの杯を掲げた。

「何だ、お前らあそこにコネあんのか」

「コネではねぇ」

「何ていうんでしょう。個人的な、顔見知りというか」

「あ？」

本当に何と言えば良いのか。

被害者と加害者、といっては自分たちが加害者になってしまう気がする。研究者と被験体というのが一番正しい気もするが、そう言ってはジャッジとスタッドが変な覚醒を果たしてしまう。

二人はリゼルが大侵攻で自らを支配させたことは知れど、その相手が支配者だとは知らないのだ。

国が隠したことを知るのは責任が伴う。流石に容易に言い触らすことはできなかった。

その時だ。片眉を上げて怪訝な顔をしていた老輩が、ふと訳知り顔でにやりと笑う。

「ははぁん、お前らか。今時骨のある冒険者がいるじゃねぇかと思ってりゃ、まさかまさかだ」

「あ、ご存じなんですね」

「おう。こっちに来てくれてりゃ、俺も久々に大暴れできたんだがなぁ」

大侵攻のことだろう。大口を開けて笑う姿は酷く冒険者らしい。

大侵攻は、実力のある冒険者にとっては危機ではなく稼ぎ場であり、思う存分に暴れられる良い遊び場なのかもしれない。そう思いながらリゼルがジルを見れば、何だとばかりに視線を返される。

リゼルは何でもないと微笑んだ。

呆れたように老輩へと目を向けたジルが、表情のままの口調で問いただす。

「どっから情報漏れてんだよ」

「漏れちゃあいねぇよ。なんせ、国王のおっさんが真っ先に泣きつきに来たからな」

流石に国王が直接訪ねてきた訳ではないだろう。

国王の伝言を携えた使者が早馬で来た、その程度だろうか。それでも元冒険者が国の相談役に抜擢されるのは異例でしかない。これには、隠し味が分かりそうで分からないと話していたジャッジたちも会話を止めて老輩を見る。

全員の視線を受けて、老輩は子供の粗相《そそう》を思い出して笑うかのように口を開いた。

「一刀を怒らせたかもしれねぇどうしよう～ってな」

「えっ、ジルさんが怒るとサルスは困るんですか？……あ、困るかも」

「何処かの国を滅ぼした逸話が探せばありそうではあります」

「ある訳ねぇだろ」

国を亡ぼせること前提で話す年下二人に、ジルは顔を顰めながら突っ込む。

それを見て、老輩は杯に新たな酒を注ぎながら腹から笑った。あんまり邪魔しちゃ駄目よ、と通りがかりに中を覗いた老婦人から声がかかり、彼は片手を挙げて応える。

「ここはちょいと特別だな。先代の国王が、激怒した冒険者にボッコボコにされてんだ」

「それがお爺様ですか？」

「おっ、何だ。俺が国に喧嘩売るような馬鹿に見えんのか？」

馬鹿ではないけど喧嘩は売りそうだよなぁ、とリゼルたちは思っている。

何となく四人揃って無言で老輩を見ていれば、彼は片頬を歪めた。否定も肯定もされない。

「ギルドは大変だったでしょうね」

「あそこの婆さんにド叱られんのは堪えるぞぉ」

「サルスのギルドにも、スタッドみたいな荒事担当がいるのかな」

「荒事担当かは分かりませんが」

スタッドが手でパンを半分に割りながら告げる。

「王都のギルド職員から聞いたことがあります。その職員はサルスで、公衆の面前で暴れた冒険者がギルド一家の母親だろう女性にその場でひたすら尻を叩かれるのを目撃したそうです」

「うわ……」

「駆けつけた憲兵……自警団の前でも叩かれ続けた挙句に『このように躾けておきましたのでどうか寛大《かんだい》な処置を』と本当の母のように頭を下げる職員の姿に大体の冒険者は泣くとか」

それはいろいろな意味で泣きたくなるだろう。

サルスでは特に行動に気をつけようと冒険者二人は胸に刻み込んだ。開幕で凍らせにかかるスタッドとは違い、仕置きを受けるまでにある程度の猶予《ゆうよ》がありそうなところが救いだ。

「やり口変わってねぇのかよ……」

顔を引き攣らせ、そう呟いた老輩の言葉は幸いなことに誰にも届かなかった。

「ま、話はズレたが安心しろよ」

「何をだよ」

酒をなみなみと注いだ杯を手に、老輩が立ち上がる。

「俺からは『ほっとけ』っつってある。顔色窺われる程度で済んでんだろ、どうせな」

ああ、とリゼルとジルは納得したように頷いた。

ヒスイから〝サルスの国王は放置を選ぶ〟と聞いた割には、ちょくちょく探りを入れられたなとは思っていた。だがそれも本当にご機嫌伺いだったようだ。大剣を振り回した一刀が突撃してくるのではと、それだけを心配されて様子を窺われているのだろう。

何せ相手は冒険者最強。突撃されては止める術がないと考えられていてもおかしくはない。

「有名税ですね」

いた。


「それで得したことねぇ癖にな」

揶揄うように微笑むリゼルに、ジルは鼻で笑いながらアスパラの肉巻きを口に放り込む。

朝まで飲んでて良いぞ、と言い残して去っていく老輩を見送り、四人は引き続き食事を楽しんで

皿を空けた端から、老婦人が新しい料理を持ってきてくれる。

よって食も止まらなければ酒も止まらない。そろそろペースを落としているのはリゼルだけだ。

気づいたジャッジが何か取ろうかと控えめに問いかけてくるのに、軽くつまめるものだけ頼む。

「そういえば今日、スタッド君が泥棒を捕まえたんですよ」

「お前は何してたんだよ」

「外でヒスイさんと話してました」

リゼルは褒めるようにスタッドへと微笑んだ。

何せ彼は素手で鎮圧していた。とにかく丈夫な冒険者ならば死にはしないが、非冒険者も同じかというと全く違う。きちんと加減を覚えているのが偉い、と惜《お》しみなく賞賛を向ければ、スタッドの背後で花が飛び交うのが見えた。

「またSランクと依頼交渉したんじゃねぇだろうな」

「違いますよ」

いつかの出来事を思い出し、やや怪訝な顔をするジルに首を振る。

他のパーティが引き受けた依頼はあまり肩代わりするものではない。以前に、叱咤《しった》ではなく助言として受けたそれをリゼルはきちんと覚えている。前回もアスタルニア行きがかかっていなければ没交渉となっていただろう。

「どうしても急ぎの贈り物が必要だけど、何を選べば良いか分からないって相談されたんです」

「何でお前に来んだよ」

「女性への贈り物なので」

答えになっていそうでなっていない。だがジルは何となく察した。

ヒスイが必死になって贈り物を選ぶ相手、さらに女となると一人のみ。加えて年下二人といるリゼルに席を外させるほどに急を要していた。つまりは、贈る切っ掛けも突然訪れたということだ。

確かに言い触らすことではないだろう。めでたいことだ、と他人事のように思う。

同時に、ふとランプの明かりが落ちた。

「あ……」

「魔力切れですね」

声を上げるジャッジに、リゼルも壁に備えられたランプを見た。

完全には切れていない。ガラスの中では魔石が薄ぼんやりと光っている。相手を見るにも食事にも困りはしない程度の明るさは残っているものだから、全員慌てることなく落ち着いていた。

既に時間は深夜に近い。宿の老夫婦は自室に引き上げているはずだ。

勝手に魔力を補充して良いものだろうかと、そう思いながらリゼルが立ち上がりかけた時だ。

「そういえば以前ギルド長が、この程度の明かりの中では怖い話をするのが醍醐味《だいごみ》だと職員を集めたことがあります」

スタッドの言葉に、リゼルはにこりと笑って着席した。

「醍醐味なら仕方ないですよね」

「リゼルさんがやりたいなら……でも、怖い話ってどういうの？」

「私は参加しなかったので」

「じゃあジル、お願いします」

「何でだよ。あー……」

ガラも悪くて怖がられがちだし、と考えて促したリゼルは何かがズレている。

ジルは次に飲む酒を選ぼうと、光量の少ないなかで酒瓶のラベルを睨みつけながら考える。怖い話、つまり誰かを怖がらせる話で良いのだろうと当たりをつけ、適当な思いつきで適当な発言を口にした。

「お前ら全員再起不能にすんのに五秒」

「その内の四秒は多分、スタッド君が頑張ってくれたんですよね」

「思ったより評価が高いのが意外です」

「怖いっていうか……そうなんだ、ってちょっと感動しました」

全員ズレていた。

誰一人として趣旨を理解していない。怖い発言と怖い話の区別がついていない。食事の手すら止めないのだから、もはや食卓を彩る話のタネという認識だった。実際、そこそこ盛り上がっている。

「じゃあ次は俺ですね」

ジャッジとスタッドはやや酔っているだろうか。

そんなことを考えながら、リゼルは思い出を振り返るように目を伏せた。怖い話、自らが恐ろしいと感じたこと。いくつかある経験の内の一つ、それを選んだことに大した理由はない。

ただ、少しの懐かしさがあった。

「それは、遠い国にあるとある書庫でのことでした」

柔らかな語り口に、三人の視線がリゼルに集まる。

「とても大きな書庫です。書店が十は入るような広間に、相応の量の本が整然と並んでいます。書庫は地下にも続いていて、そこでは無数の本棚がランプの明かりに照らされていました」

食堂の中で明かりが揺れる。

弱った魔石が不安定になっているのだろう。極端に暗くなることはないが、時折見せる柔《やわ》い揺らぎがまるでロウソクの火のようだった。

「俺はそこにいました。本を探していたんです」

相変わらずだな、とジルたちは然して疑問を抱かずに耳を傾ける。

「隙間なく並ぶ本の背表紙に視線を滑らせていると、ふと、白い影が視界の端を横切りました」

ジャッジが僅かに肩を竦め、ゴクリと息を呑む。

スタッドは変化が窺えない。ジルだけが、何かに気づいて怪訝な表情を浮かべていた。

リゼルは穏やかな声色を変えることなく、話を急くことなくゆっくりと言葉を続ける。

「それは紙とインクに満ちた空間に一つ、音もなく、浮いて、動いていました」

リゼルは伏せていた瞳を持ち上げる。

ジャッジの後ろに彼はいた。いつ現れたか、全く分からない。

唯人《ただびと》にはない鋭い歯が、三日月を描いた唇から覗いていた。血の気の薄い肌が、明かりの少ない食堂の中でぼんやりと浮かび上がっている。

「俺はそれを目で追って、振り返った先には――」

言葉を切って微笑むリゼルを、食い入るように見つめるジャッジの首に指が巻きついた。

「ぎ……ッ……!!」

「絞め殺されたニワトリみてぇな声出すじゃん」

もはや恐怖に悲鳴も上げられないジャッジの耳に、見知った声が飛び込んだ。

一気に力が抜けて半泣きのジャッジが振り返れば、そこにはケラケラと笑うイレヴンが立っていた。何やら怖がっていたし脅《おど》かしておいた、と悪びれず告げる姿に肩を落とす。

それを尻目に、ジルが呆れたように口を開いた。

「お前それペットの話だろ」

「振り返ったら二匹に増えてたんですよ。俺、一度もあの子たちが増えるのを見たことないんです。どうやって増えてるのか、理屈じゃ考えきれないのは怖くないですか?」

「ペットが増えるんですか」

「イレ、イレヴン、そういうの止めてよ……！」

「何かそんな空気だったし。お、やりィ、すっげぇ飯ある」

スタッドが何も分からないまま問いかける。イレヴンも宴の席へと加わった。

こうして賑やかな夜は更に賑やかになり、それは月も随分と傾いた時間帯まで続いていたが、最後はスタッドが寝落ちという名の皿ダイブを決めかけたタイミングでお開きになった。

ちなみに皿ダイブはジルが止めた。

そして翌日、頭が重いと唸りながら御者席に座るジャッジと、何の影響も残っていないスッキリとした顔をしたスタッドを、リゼルは老夫婦と一緒に苦笑しつつも見送ることとなる。

179.

いつも騒がしい冒険者ギルドが、今日は殊更《ことさら》騒がしい。

誰も彼もがギルドにやってきた途端に飛び出していく。そんな彼らが口々に言うのは。

「〝海賊船〟が出た！」

それを聞いて、依頼を受けに来ていたリゼルたちは顔を見合わせた。

とはいえ不思議そうな顔をしているのはリゼルのみ。ジルやイレヴンは訳知り顔で、そんな時期かだの、今回は早いかもしれないだのと話している。どういうことかと会話に耳を澄ますリゼルに、気づいた二人はひとまずギルドの扉の前から離れることにした。

他の冒険者たちは依頼ボードに見向きもしない。

三人は、珍しくも閑古鳥《かんこどり》の鳴く受付前に移動する。すぐにギルドを飛び出せない面々による、臨時パーティを組むための交渉がそこかしこで行われているため、そこが最も落ち着いて話せそうだったからだ。

「〝海賊船〟っつうのはァ」

どう説明しようか、とイレヴンが受付カウンターに腰で寄りかかりながら口を開く。

今まさに作業中である机に腰かけられても、馴染みのある職員の笑顔は少しも揺るがない。

「何年かごとにランダムで出る迷宮」

「それそれ。しかも、いろんな国に一斉に出てくるやつ」

端的に説明したジルと、それに次いだイレヴンの言葉にリゼルは目を瞬いた。

全く同じものなど一つとして存在しないはずの迷宮。扉のデザインでさえ使い回しなど見たことがない。とはいえ普段、同時進行で潜っているはずの他の冒険者を内部で見かけないことを思えば、扉自体は何個あろうが大して不思議ではないのかもしれないが。

「扉だけが複数現れる、っていうことですか？」

「お、さっすが」

「入っちまえばいつもと変わんねぇしな」

「迷宮は出現のたびに消えるんですよね。踏破が条件ですか？」

「それか何日か経ったら消えてるっぽいけど」

「つっても毎回、知らねぇとこで踏破されてる可能性もなくはねぇだろ」

「あ、成程」

あらゆる国に扉が現れるなら、それこそ膨大《ぼうだい》な数の冒険者が潜ることになる。

迷宮の消滅に心当たりがなくとも、知らない国の冒険者が踏破しているかもしれないし、本当に時間制限があるのかもしれない。ギルドが本気を出して探れば分かるかもしれないが、そこまで気にするような冒険者はいないようだ。

受付カウンターに座り、三人の会話に時々頷いている職員をリゼルは窺ってみる。すっかりと顔に刻まれた華やかな笑み、それが途端に申し訳なさそうな笑みへと変わった。

「申し訳ございませぇん、当ギルドは存じ上げず……必要でしたらお調べいたしますがぁ」

「いえ、大丈夫ですよ。有難《ありがと》うございます」

リゼルは微笑み、ふむと一つ頷いた。

「なら、新迷宮の出現よりもよっぽどお祭り騒ぎになりますね」

「見りゃ分かんだろ」

「ギルドに全然人いねぇのウケる」

早い者勝ちは新迷宮と変わらない。

だが競争相手の数が桁《けた》違い。しかも誰かが踏破した瞬間に消えてしまう。

何年かに一度しか現れない迷宮だ。手に入る迷宮品も、変わり種は高値で取引されるだろう。何より踏破すれば、他の迷宮とは一線を画した冒険者としての栄誉が手に入る。それに心動かされない冒険者はおらず、だからこそ誰もが我先にと迷宮へ向かうのだ。

「潜るぞ」

珍しく、どうするとリゼルが問う前にジルから方針が上がった。

見れば、灰銀の瞳が好戦的に細められていた。更にはイレヴンも、同意するように楽しげに牙を剝き出す。リゼルも笑みを浮かべ、誰からでもなく潜ったばかりのギルドの扉へ踵を返した。

「二人共、潜ったことないんですか？」

「前とか五年前？　くらいじゃん。俺あんま迷宮潜ってなかったし」

「タイミング合わねぇ」

「言われてみればクァトも今は迷宮に潜りっぱなしですしね」

そんな三人の姿を見送り、ほとんどの冒険者が姿を消したギルドでは。

絢爛華麗な職員たちが、依頼が捌《さば》けないことを嘆《なげ》きつつも期待に目を輝かせていた。

通りのそこかしこから聞こえる噂、その人の流れに沿うように三人は進む。

辿り着いたのはサルス北都のやや大橋寄り。〝湖中のバザール〟のものより立派な桟橋《さんばし》は、普段は釣り人などが集まる場所だ。数艘の小舟がロープで繋がれ、目前の広大な湖にぽつりぽつりと小舟が浮かぶ。そんな安穏とした風景が見られるはずの場所だった。

けれど今は違う。桟橋の先、煌《きら》めく湖面を挟んだ向こうには一隻《せき》の巨大船がある。

所々に破れのある帆は、薄汚れながらも立派にマストを飾っている。柵の歪んだ甲板、穴の開いた船体、けれども少しも傾かない。その船首には美しい人魚像が太陽光を反射して煌めいていた。

いかにも襲撃を受けた後の海賊船。それでも欠けぬ威容《いよう》に、本来ならば見惚《みと》れていただろうが。

「こっち五人乗れんぞぅ、ほれ、ほれ、銀貨一枚払えんなら乗っけるぞぅ」

「防水布売ってるよ防水布ー、ないと困るよ防水布ー」

「そこどいてどいて、船通るよ！」

絶好のチャンスとばかりに稼ぎに走るサルス国民らのお陰で、非常に賑やかだった。

「商魂逞《しょうこんたくま》しいですね」

「あれ普通にそこらの釣り人だろ」

「折角乗せんだから小遣いぐらい欲しいんじゃやねぇの？」

普段はのんびりと釣りをしている面々が、運んでやるからと片手を出す。

飯屋や布屋も集まって、更に商機と見たのか何処からか小舟を運んでくる者もいる。それに加えて見物客も集まり、見物客を狙った物売り船が集まれば、そこはもう一つの祭り会場と変わらない。

それ急げやれ急げと、我先に巨大船に向かう冒険者の背中に応援とヤジが飛んでいる。

「こん中行くのかよ……」

「見世モンじゃん」

片や辟易《へきえき》と、片やケラケラと笑う二人を尻目に、リゼルは周囲を見渡した。

野次馬や商売人の他、しきりに海賊船のスケッチをする画家らしき姿や、魔法学院所属らしい白衣の面々がちらほらと見られる。決して理屈に合わぬ迷宮の謎、学院関係者はもう触れようともしないと思っていたが、それはそれとして気になるようだ。彼らは「はっはっはっ訳分からん」と言いながら未知の巨大船を眺めている。

「ああいう船が、王都やアスタルニアにも出るんですか？」

「アスタルニアで海にでっかいの出たのは見たことあるかも」

「王都の水路に小せぇのが出たっつう噂は聞いたことある」

流石は迷宮、環境に合わせて海賊船を用意してくれるようだ。

ちなみにアスタルニアに現れた時は、本物の海賊船だと誤解されて軍が投入されかけた。更に王都では中心街と外周を隔《へだ》てる堀に現れ、最初は誰の悪戯だと憲兵が対応しようとした。だが今は定番化し、関係者間での引き継ぎも欠かさず行われているお陰で、迷宮〝海賊船〟が出たなぁでおおむね済むという。

「じゃあ俺たちも、乗せてくれる船を探しましょうか」

「栈橋で待っててりゃ乗れんだろ」

「これ、帰りはどうなるんですか？」

「あそこから手ぇ振りゃ迎えに来てもらえんじゃねッスかね」

そうしてリゼルたちは、野次馬の隙間を縫うように栈橋へと向かった。

甲板にある一つの扉。

迷宮へは、そこから足を踏み入れる。まるで乗組員のように甲板に集まった冒険者、彼らに続くように三人も扉を潜れば、とりわけ特別なところのない船内が目に飛び込んできた。

数人で固まっても歩きやすいように、だろうか。通常の船よりは幅が広めに作られているも、それでも天井が低く狭い通路は得物によっては苦労しそうだ。ところどころ木の朽《く》ちた廊下は歩く度に軋《きし》み、木材に染みついた潮の香りが微かに漂っている。

足元からは、凪《な》いだ湖面に浮かんでいるとは思えない揺れを感じた。海上を思わせるそれは、やはり迷宮の外と中は別の空間なのだと納得させる。通路の広さもその一つだろう。

「外観も襲撃を受けた跡があったし、放棄された船なんでしょうか」

壁に刻まれた刀傷はさて、仲間割れの跡なのか、それとも攻め込まれた後なのか。

「迷宮の演出だろ」

「まぁ綺麗《きれい》なままじゃ普通の船とあんま変わんねぇし。それっぽいってだけじゃん？」

それもあるな、とリゼルは壁の刀傷を掌でなぞりながら思う。

同時に、そもそも放棄されているのだろうかという疑問も抱いた。

何故なら、足音がするからだ。靴音にしては硬質で、足音というよりは杖をつくような音に近い。

不規則に扉の向こうを右往左往している音は、間違いなく誰かが歩き回っている音だった。

閉め切られた扉の数々、その前を通りがかるごとに聞こえる靴音。それが船の住人だとしたら、リゼルたちは間違いなく彼らの敵であり、無作法な侵入者だった。

仲間として歓迎してもらえないか、というのは希望的観測が過ぎるだろう。

「襲われるのに納得がいくっていうのも貴重な経験ですね」

「また変なこと考えてんな……」

「この場合って俺ら何なんだろ。敵海賊？　セーギ側とか？」

「正義ではねぇだろ」

「海賊っていうのはいいですね」

「リーダー前にでかい本の中で海賊判定アウト食らったのに」

「だからこそリベンジです」

失敗を失敗のままにしない男、それがリゼルだ。

ジルは呆れたように溜息をついた。いつか本だらけの迷宮で、巨大な本の中で完璧に海賊を演じきったリゼルは、なんかそれっぽくないという理不尽な理由でアウトを食らっていた。アウト判定の基準は不明だが、台詞は完璧だったので間違いなくそれが理由だとジルとイレヴンは確信している。

それを思えば、リベンジは不可能な気もした。

だがジルは同情半分、放置半分でそれを口にはしなかった。やりたいなら好きにすれば良いと思ったからだ。少しばかり面白がっているとも言う。

「あ」

「お、やっぱスケルトンだ」

ふと、何個目かの扉を通りがかった時だ。

偶然なのか罠《わな》なのか、開けっ放しの扉の向こうにいるスケルトンと目が合った。

頭蓋骨《ずがいこつ》から落ちたバンダナが鎖骨に引っかかっている。腰に巻いていただろうサッシュが骨盤で揺れている。死して尚船内を徘徊《はいかい》していたことを証明するように、擦《す》りきれた靴底からは踵《かかと》の骨が覗いていた。それが床とぶつかって、硬質な音を立てていたのだろう。

魔物はリゼルたちの姿を見つけるや否や、錆《さ》びたサーベルを手に襲いかかってきた。

「スケルトンはおしゃれですよね」

「まぁ迷宮ごとに違ぇな」

「得物とか変わんのが地味に厄介《やっかい》っちゃ厄介だけど」

とにかく迷宮の特色を強く反映するのがスケルトンという魔物だった。

森っぽさのある迷宮では狩人の恰好で弓を射たりする。城っぽさのある迷宮では鎧《よろい》を身につけ両手剣を振り回したりする。単体で向かってくることもあれば、部隊を組んで囲んでくることもある。迷宮ごとに戦い方を変えなければならない、という理由で苦手とする冒険者も少なくない。

とはいえ今は迷宮の浅層。相手が一匹ともなれば、三人が苦戦することはなかった。

襲いかかられたイレヴンがさっくりと斬り捨てれば、バラバラになった白骨が床に散らばる。こうなってしまえばもう動き出すことはない。

「中、何かありますか？」

「まだねぇだろ」

「そう思わせて、とかねぇかな」

三人は家主を失った部屋に足を踏み入れる。

生活圏、というより倉庫だろうか。崩れないよう固定された積み荷、蓋《ふた》のない空の宝箱には埃《ほこり》が積もっている。床に落ちたロープを拾い上げれば、少し引っ張っただけで千切れてしまった。

そうした確認もすぐに終わり、何もないなと結論づけて先に進もうとした時だ。

「（あ、伝声管）」

ふと、リゼルが部屋の隅にあるそれを見つけて歩み寄る。

ここまでの短い道のりでも、廊下の上に張り巡らされた金属の管《くだ》を何度も見た。随分とたくさんの伝声管があるみたいだな、と扉のすぐ隣にあるそれを覗き込む。壊れてはいないようだ。

金属の伝声管はくすんだ色をしていた。指先で触れるとひんやりとしている。ぴたりと閉じられた蓋に指先をかけ、何か呼びかけてみようかと開きかけた時だ。

「あ、リーダーちょい」

「え？」

気づいたイレヴンに声をかけられた時には既に、リゼルは蓋を持ち上げていた。

『だから何処だっつってんだよそれはッ！』

響いた怒号に、少しばかり驚いて手を離す。

横から伸びたジルの手が、中途半端に開いた伝声管の蓋を閉じた。怒声の余韻が残る室内で、リゼルが説明を求めて振り返れば、眉間に皺《しわ》を寄せたジルと訳知り顔でニヤニヤと笑うイレヴンがいる。

いかにも情報を持っているようなイレヴンに、リゼルたちは向き直った。

「おい何だ今の」

「誰の声ですか?」

「あ、ニィサンも知んねぇ?　この迷宮、同時進行で潜ってる奴らと話せんの」

リゼルは目を瞬かせ、同じく不可解そうな顔をしているジルと顔を見合わせる。

つまり、今聞こえたのはどこかの国の冒険者の声。そんな迷宮があるのかと、リゼルは思わず感嘆の息を漏らす。パーティの垣根を越えて迷宮が攻略できる、というのは確かに楽しいかもしれないが。

「できたところでどうなんだよ」

「そんなん俺も知らねぇし」

今は、誰が一番早く攻略できるかの競争状態だ。

有利な情報を不特定多数に流すことに意味などない。デマを流しても後の冒険者活動に支障をきたす。後者については、良心が咎めるというより「そんな暇はない」という理由が大半を占めるのだが。

「迷宮の外で協力者を作っておけば活用できる、とかでしょうか」

「俺らが聞けてる時点でダダ洩《も》れだろ」

「ですよね」

リゼルはもう一度、今度は少しだけ伝声管の蓋を持ち上げてみた。

先程はその瞬間の最大音量に意識をとられたが、こうして聞いてみると複数人の声が聞こえる。

数多の国の、数多の冒険者たちが話しているのだろう。耳を澄ませると「ここはどこだ」という迷子をはじめ、「こんな罠嵌まったけどどうしよう」という救援要請、「宝箱見つけたワッショイワッショイ」と煽《あお》る声や、ひとまず叫んで遊んでみている声などが聞こえてきた。

「あったら使ってみたがる冒険者のツボはついてんのか」

「船っつったらコレだし。実際リーダーも釣れたし」

「ロマンです、ロマン」

リゼルは幼いころに一度だけ、船を使った外遊の際に船長らに見守られながら使ったことがある。あの時は確か、見張り台にいた船員が返答をくれたのだったか。幼いリゼルに付き合ってくれた船員は、「きこえますか?」「聞こえておりますよ」と優しくやり取りしてくれた。今まさに目の前で交わされている無秩序なやり取りとは真逆の平和的な会話だった。

そうして思い出に浸りながら耳を澄ましていたリゼルは、ふと聞き覚えのある声を捉える。

「知ってる冒険者の方が何人かいますね」

「分かんのか」

「人の顔と声、あまり忘れないので」

「職業病ー」

二人の揶揄うような視線に、悪いことではないだろうにと苦笑する。

そして少しだけ考えて、伝声管の蓋を全開にした。途端、大音量の怒声や奇声が部屋に響く。

魔物が寄ってきそうだ、と考えながらリゼルは唇を喋り口へと寄せ、声を張り上げることなく穏やかに告げた。

「王都パルテダの冒険者の方々、一つだけ質問させてください」

無機質な伝声管の向こう、鳴り響いていた喧噪《けんそう》がぴたりと止まる。

数秒だけ落ちた沈黙から、徐々に騒めきが増えていく。聞こえ始めた「誰だ今の」「貴族さんいる?」「今の穏やかさん?」という声に、本当にいろいろな国に迷宮の扉が現れているのだなとリゼルは感心しながら唇を開いた。

「スタッド君、無事に王都に着きましたか? 昨日、サルスまで遊びに来てくれたんです」

『あー……よく知らねぇが、朝にギルドで見たぞ』

「ん、良かった」

スタッドならば何があろうと問題なく帰るだろうとは思っていたが、一応の確認だ。

ならばジャッジも何事もなく店を開いているだろう。そう納得して頷くリゼルの後ろでは、ジルが何とも言えない視線をリゼルの背中に注ぎ、イレヴンが隠そうともせずに爆笑している。

「それだけ気になったので。有難うございました」

『お、おう……』

まさか用件はそれだけかと、伝声管ごしに奇妙な空気が漂う。

それを全く気にかけることなく、用事は済んだとばかりにリゼルが蓋を閉めかけた時だ。

『リゼルさーーーんリゼルさんリゼルさん! いる!? 間に合った!?』

『リゼルさーーーーーーーん!』

「はい、まだいますよ」

ひと際騒がしい物音と同時に、喋り口で押し合いへし合い叫ぶ声がした。

アインたちの声だ。リゼルはどうしたのかと下ろしかけた蓋を引き上げる。

そろそろ飽きてきたのか、それとも何かが気に入らないのか。イレヴンに後からついついと髪を引っ張られるのに微笑み、賑やかな呼びかけに応えた。

「君たちの紹介してくれたお店、美味しかったです」

『あ、良かったっす！』

『あそこの肉マジで美味ぇから！』

『俺らもすっげぇ食って！　マジ美味すぎて！』

匿名性《とくめい》は地に堕《お》ちたが、別に知られて困ることもないと会話を続ける。

いいからさっさと本題に入れ、と何処かの冒険者の声が聞こえた。普通に会話を聞かれているらしい。迷宮攻略に戻らないのだろうかと思うも、伝声管を使いたくて待っているのなら独占する訳にもいかないだろう。

久々の会話は少し惜しいけれど、手短に済まそうと本題に入る。

「それで、何か用がありましたか？」

『あ、そうなんすよー！』

促すリゼルに、伝声管に近づきすぎているが故の爆音でアインたちは元気に告げた。

『なんかコレぜってぇ何かあんなって部屋で宝箱見つけて、でも開かねぇんすよ』

『カギ挿すタイプで、あーっと……トカゲかコレ、トカゲの形しててー』

『こう、尻尾がぐねってて。錠前のあのカーブのトコなってて』

『でもカギ全ッ然ねぇし。適当なモン穴に入れても開かねぇし、全力で引っ張っても開かねぇし、箱は投げてもぶっ叩いてもぶち壊せねぇし、これマジどうすりゃ開くんだっつう』

おいそれ何処だと他の冒険者が叫ぶなか、リゼルは可笑しそうに笑った。

「トカゲの尻尾は切れるものでしょう。剣で切れませんか？」

『え、でもこれ普通に金属だしすっげぇ硬……切れた！』

『開いた！』

『ねじ切る勢いで引っ張っても開かなかった癖にすっげぇ簡単に切れた！』

『リゼルさん圧倒的感謝ーーー‼』

どうやら伝声管の蓋を開けっ放しで、宝箱へと駆けて行ってしまったようだ。

遠くから大歓声が聞こえる。直後、何やら部屋に乱入してきた魔物と戦闘になったらしい音も聞こえた。それはそうだろう、というのは今までの会話を聞いていた冒険者一同の談。

宝箱の中身がアインたちにとって嬉しいものなら良いのだが、とリゼルも伝声管の蓋を閉める。しっかりと閉められた蓋の向こう、反響する冒険者たちの会話は終《つい》ぞリゼルたちには届かなかった。

『貴族さん相変わらずだな……一刀いんなら初踏破望み薄か？』

『つうか穏やかさん今サルスだろ。サルスにも船出てんのかよ競争率やべぇな』

『は？　ああ、一刀……なら助教授さんか今の。そりゃそうか』

伝声管コミュニティはやや和やかになり、どうせ一刀いんなら協力しようぜと本来の役割を取り戻していた。

船の所々にある伝声管には、蓋が開きっぱなしのものもある。

リゼルたちは最初以降、特に気にかけることはなかったが、時々そこから何らかの仕掛けに行き当たった相談だったり、やはり罠に嵌まった冒険者のSOSだったりが聞こえてくることがあった。

他の冒険者と交流できる迷宮など他にない。折角の機会だからとリゼルは気づいた時に、分かることについては答えていた。

ちなみに罠についてはスルーする。嵌まった後の対応はジル基準の力業になりがちなので力になれない。

『お、助教授さんじゃねぇか。こりゃアタリ引けたな』

それにしても、応えるたびにアタリ扱いされるのは何故なのか。

そんなことを話しながらも、三人は迷宮の奥へ奥へと進んでいく。船は外観から考えられないほど広く、ひたすら階下へと向かう構造のようだった。もはや何度階段を下りたのか。とっくに船底についていてもおかしくはないというのに、迷宮らしく全貌の読めない造りとなっている。

ただジルとイレヴン曰く、手応えとしては深層に入っていてもおかしくはないという。

「ここ、そんなでかい迷宮じゃねぇかも」

「これまでも数日で踏破されてきたらしいですしね」

「そうそう。ニィサンじゃあるまいし」

「あ？」

どういう意味だ、とジルが微かに眉を顰めた。

とはいえイレヴンが的外れなことを言っている訳ではない。どんな迷宮も数日あれば踏破してしまうジルが例外だ。多くの冒険者は一つの迷宮を踏破するのにひと月単位で挑む。それ以前に完全踏破を目指せる者が少なく、大半が自らの力量に見合った階層で攻略が止まりがちだ。

すると、ふいに先頭を歩くイレヴンが一風変わった扉を見つけた。

「お、見て。ちょい違う扉」

「本当ですね。船長室とかでしょうか」

「ボスが船長じゃねぇのかよ」

T字路の右手突き当たり。他とは違う、少しばかり重厚な扉があった。

派手な装飾がある訳ではないが、朽ちて隙間だらけになった他の扉に比べて綺麗に残っている。元々、厳重に閉められるように造られた部屋だったのだろう。いかにも何かありそうだった。

襲いかかってきた〝生きた縄〟をジルが踏みつけ、リゼルが固結びにしている隣で、イレヴンが扉を開いて中を確認する。魔物の姿はない。

けれど、彼は含みのある顔をして二人を振り返った。

「はい、どーぞ」

「何かありました？」

二人を、というよりリゼルを、が正しいか。

招き入れるように開かれた扉を潜ったリゼルが見たのは、決して多くはないものの棚に雑多に並べられている本の数々。中央に置かれた机には航海図が広げられ、床には筆記具が落ちてインクが飛び散っていた。測量室なのだろうか。

脇目も振らず棚に向かうリゼルを見送り、ジルも部屋に足を踏み入れる。零れたインクで黒く変色した絨毯は、すっかり乾ききって踏むとシャリシャリと音を立てた。革製の航海図も、表面がすっかりとひび割れている。

全体的に、酷く埃っぽい部屋だった。

「読めませんでした」

「だろうな」

「リーダー残念」

「何処かに航海日誌でもあれば、と思ったんですけど」

それは船長室にあるのかな、とリゼルもジルに倣《なら》って室内を探索する。

航海図に描かれた地図は見たことのないものだった。こちらの世界のものではなければ、勿論あちらの世界のものでもない。二つの大陸と、無数の島々。ペンで書き込まれたバツ印に、中継地を挟みながらそこへと伸びる矢印。バツ印が目指していた場所なのだろうか。

その隣に小さな文字を見つけ、リゼルは頬に落ちる髪を耳にかけながら目を凝らす。

「(〝クラーケ〟……?)」

海賊といえば略奪、といってしまうと夢がないか。

ここは宝を目指して航海していたと仮定して、その宝の俗称か、それとも宝が眠るとされている島の名前だろうかと当たりをつける。地図が全く違うというのに、文字だけ読めるというのも奇妙ではあるが。

「おい、ここ」

「は、何？」

ふとジルがイレヴンを呼んだ。

ジルはそのまま数度、絨毯の敷かれていない床を靴裏で叩く。そのままズボッと嵌まるんじゃないかとリゼルとイレヴンは危惧《きぐ》したが、迷宮仕様のおかげで無事だった。迷宮破壊は不可能、それこそが冒険者の常識である。

「あー、はいはい。こっちっぽい」

「地下でもあるんですか？」

「知らねぇ。音は違ぇだろ」

靴音のないイレヴンが、わざと靴先で床をノックしながら歩く。

向かった先は航海図の広げられた机だった。その隣にしゃがみ、机の下を覗き込んでみる。

「多分ここらへん……机どかせっかな」

「残念ながら固定されてるので……はい、明かりです」

「あんがと。どっか別に入り口あったりして」

「本棚動かせって？」

「それで裏に隠し扉があるんですよね」

揺れる船内でも問題なく使えるよう、机の脚は床に固定されている。

三人は揃って机の下を覗き込みつつ、戯れに浪漫《ろまん》を交わしながら床を観察した。机の脚に何かないか、裏に何かないか。そう言いながら隅々まで注意深く目を凝らし、ようやく床の木目に沿った細い隙間《すきま》を見つけた。

「これ隙間？　隙間ある？」

「あるんですか？」

「あ、あるある。触るとある」

「それをどうすんだよ」

「何か差し込むとか……そうですね、海賊だしサーベルとか」

「俺持ってたっけ」

「ある」

ジルが空間魔法から一本のサーベルを取り出す。

間違いなく最上級の迷宮品だが、彼は躊躇《ちゅうちょ》なくそれを隙間に突き立てた。何かが外れる硬質な音がする。同時に、床が勢いよく下向きに開いた。床が抜けたかと錯覚しそうなほどの勢いだった。

足元に空く真四角の穴。リゼルが明かりを近づければ、底まで伸びた梯子《はしご》が見える。

「梯子腐ってねぇだろうな」

「結構深め？　まぁ、こんくらいなら落ちても大したことねぇけど」

「奥のほうに横道がありますね」

そうして三人は、見つけた隠し通路へと身を潜らせた。

梯子を下りた先には、身をかがめて進むような横道が一つ。緊急時の避難通路のようなものだろうかと明かりを先行させると、横道の先に一つの扉が現れる。

扉には血文字があった。赤黒い文字で、【正義とは何か　言破《いいやぶ》れ】という文言がある。

「海賊船らしくはねぇな」

「そうですか？　船長にもなると交渉事に強いイメージがありますけど」

「何で？」

「ほら、国との交渉が必須になるので」

船一隻でちまちま悪事を為すなら良いが、船団を組んでとなるとそうはいかない。

まず莫大《ばくだい》な量の補給がいる。それこそ略奪では追いつかず、定期的かつ長期的に利用できる補給港が必須だ。よって海軍の弱いところに戦時の戦力を約束したり、勝手に海に関所を作って関税を巻き上げて何割か納めたりと、国を相手にそういう交渉事が必ずあった。

「お前んとこはどうなんだよ」

「交渉するよかさっさと取り込んでそう」

「そこはほら、陛下の領分なので」

リゼルは微笑んで流した。

それでいろいろと察したのだろう。ジルたちは半笑いだ。

「じゃあの向こうには船長がいるわけね」

「口喧嘩がボス戦とか言わねぇだろうな」

「流石にないと思いますけど」

三人とも、屈《かが》みながら狭い横道を進む。

そして先頭を進むイレヴンが扉に手をかけた途端、彼は予想が当たったとばかりに片眉を上げた。二股の舌を唇に這《は》わせ、リゼルたちを振り返ると親指で扉の向こうを指す。何かいる、という合図だ。

言破れというなら、その相手がいるのだろう。それは分かっていたが、魔物にしてはどうにも奇妙だった。しかし開けないことにはどうしようもなく、イレヴンも一応知らせたという体《てい》で躊躇なく扉を押し開く。

直後、部屋の中にスケルトンの姿を捉えて双剣を振るおうとした彼は、握っていた剣がいつの間にか鞘に収まっていることに唖然とした。柄を握って引き抜こうもするも、刃は走らずピクリとも動かない。

「はァ!?　抜けねぇし」

「言葉で戦うのが決まり、ってことですね」

「なら襲われはしねぇだろ」

扉の先にあったのは、いかにもな船長室だった。

扉の脇に立つ二体のスケルトンが、カタカタと顎《あご》を揺らしながら笑う。彼らは少しも錆びていない剣を腰に佩《は》き、生前に身につけていただろう破れたシャツから肋骨《ろっこつ》や背骨を覗かせていた。布の断片を見るに、船内を歩き回るスケルトンよりも良い身なりをしている。

そしてリゼルたちの正面。部屋の中央に据えられた重厚な机の向こうで、金銀財宝を背にして座るのは、キャプテンハットと傲慢《ごうまん》な座り方がよく似合う骸骨が一体。軍服にも似た海賊服を纏い、机に片肘を乗せて伽藍洞《がらんどう》の瞳で三人を見据えていた。

間違いなく、この海賊船の船長だ。

『よう、命知らず共』

カタ、カタ、と彼の白骨化した顎が動く。

同時に、じわりと机に文字が滲んだ。こちらもまた、血文字のようだがそれらしい匂いはしない。鷹揚《おうよう》と滲み出る文字からは、不思議な迫力と威厳が伝わってくるようだった。

リゼルは左右に立つスケルトンに目を向けることなく、船長であった骸骨に向けて掌を胸に当てる。腰は折らず、微かに顎を引いて微笑み、下手には出ないまま友好的に振る舞った。

「お招き有難うございます、マスター」

『随分と行儀のいい奴が来たもんだ。そりゃあどこの礼だ、ギルウェか、バイクィーンか?』

「どちらでも」

リゼルは微笑んだまま、首を傾けるようにジルへと視線を流す。

首を振られた。船長であった骸骨が口にした国名は存在しない。ならば彼らは、何処から来たのか。自身のことをどう認識しているのか。

迷宮なのだから、それを考えることに意味などないのかもしれないが。

リゼルは頭の片隅で思案しながらも、挨拶もそこそこに本題を切り出した。

「この度の議論はどういった意図で？」

『退屈しのぎにゃちょうど良い』

白骨の人差し指が机をノックする。座れ、と言っているのだろう。

硬質な音。同時に、指につけた指輪が擦れ合う音。純金に大振りの宝石。身につける者を選ぶようなデザインだが、船長であっただろう骸骨にはよく似合っている。

用意されている椅子は一つだけ。きっと相手は、何百という部下を率いた海賊船のトップだ。ならば三人だけのパーティとはいえ、頭である自身が座るべきだろう。組織としての隙は見せないほうがいい。リゼルはそう考えて、敢えて二人に確認をとらず椅子に座る。

とはいえジルもイレヴンも、最初からリゼルに丸投げする気なので疑問は抱かない。彼らは扉を挟んで立つスケルトン、その手に握られたサーベルを一瞥しながらリゼルの後ろに立った。

船長は顎の骨を揺らして笑い、年季の入った机に言葉を吐き出した。

『正義なんてのは、俺の敵だ』

存在しない眼球に見定められているようだ、とリゼルは思う。

相手の一挙一動には、数多の部下を束ねてきた自負が浮かんでいた。後は土に埋まるだけの骸《むくろ》が、生前の覇気をそのままに目の前に存在している。その姿も偉業も（あるいは悪行も）知る術はないが、疑うべくもなく傑物《けつぶつ》であったのだろう。

宰相であったころに相手取ってきた他国の重鎮から感じていたものを、目の前の相手からも感じていた。懐かしいなと、それだけを内心で零して口を開く。

「それは、何故？」

『悪逆非道の限りを尽くす俺を殺しゃ、どんな悪党だろうが英雄に早変わりだろうよ』

「あなたは、あなた自身を絶対的な悪だと？」

『そりゃあそうさ』

船長の骸骨は笑う。

伽藍洞の眼でリゼルを見据えたまま、背骨を反らし、ピアノを弾くように机に載せた指を跳ねさせる。小指から親指まで、一巡だけ奏でられた硬質な音色が、扉を守るスケルトンの顎を打ち合わせる音と共振していた。

イレヴンが不快げに鼻を鳴らす。彼の手は抜けない剣の柄を握ったままだ。

『お行儀よくしなさい、なんて初めて聞いた時にゃ子供心に憤ったね。人を殴っちゃいけません、なんて叱られた日にゃあ吐き散らかしたもんだ。こんな俺らが楽しく生きようと思や、悪党でいんのがちょうど良い』

リゼルは机に刻まれていく赤黒い声を視線でなぞる。

その声が途切れるのを待ち、そして続かないのを確認して、視線を合わせるように薄暗い眼窩《がんか》を見た。不思議にもそこから頭蓋骨の裏側は見えず、深い闇に満たされている。手を差し込めば終わりなく呑み込まれていくのだろうと、そう思わせるような深淵《しんえん》の闇だった。

こういう場で相手の表情が読めないというのは、思った以上にやりにくい。だがそれをおくびにも出さず、リゼルは可笑しそうに目を細め、机の上に置いた両手の指を絡めた。

「スリルがお好きなんですね」

『大好きだね。抱いてやりたいくらいだ』

「うちにも一人、命を賭《か》け金にギャンブルに興じる仲間《クルー》がいますよ」

『Arrrr! そりゃあ逸材だ。ぜひともスカウトしてぇもんだが』

「もちろん許しません」

規模は違うも組織の頭同士、通じ合うものはある。

戯れの会話を本気にせず、互いの冗談に笑っていれば、リゼルの即答での引き抜き拒否にイレヴンの機嫌がやや回復した。上手いこと同時進行するものだ、とジルは呆れながら室内に存在する全ての武器を把握していく。

「じゃあ今度は、俺が正義について話しましょうか」

リゼルは船長だった相手を見つめ、唇を開いた。

生粋の悪党に正義を説くなど、皮肉以外の何者でもない。精鋭に〝なぜ人を殺してはいけないのか〟を理解させるのと同じことだ。

つまりは時間の無駄であり、いくら言葉を尽くそうが無意味である。

もし精鋭にそれを説いたとして。もしかしたら、彼らは感銘を受けて涙するのかもしれない。心からの感動をもって嗚咽《おえつ》を漏らすのかもしれない。嘘偽《いつわ》りのないスタンディングオベーションを贈る者もいるだろう。恐らく半数は納得し、理解し、向けられた言葉を受け入れるはずだ。

けれどきっと。その数秒後に、特別な感慨もなくそれを説いた相手を殺す。

抱いた感動も感銘もすべて本物であるはずだ。だからこそ心からの感謝を込めるかもしれない。逆にすっかりと忘れてしまっているのかもしれない。分かることは、大した意味も理由も動機もなしに相手の命を奪える異常者であるということだけ。

目の前の海賊も、きっとその手の存在だ。だが、迷宮がやれと言うならやるしかない。

どういう切り口で行くべきか。リゼルは考え、ひとまず軽めの一般論を試すことにした。

「正義とは、好感度なんでしょう」

『つまり?』

「主観ですね。人は正義を好む訳ではなく、好んだものを正義だと思い込む」

『えげつねぇこと言いやがる』

「そうですか？　身近な話題を選んだつもりですけど」

リゼルは不思議そうに告げる。

「国がそうでしょう。王が民の支持を集めるのは、そうでないと大義名分を失うからです。どんなに素晴らしい政策を打ち出そうが、民に嫌われていれば悪しき独裁者に早変わりですよ」

船長だった骸骨の肋骨が数度、跳ねた。

頸椎《けいつい》にぶら下がる黄金のネックレスがその上で踊る。表情もなく、声色から窺うこともできないが、恐らく楽しげに笑っているのだろう。鼻で笑われなかっただけ上出来だ。

「それに、勧善懲悪《かんぜんちょうあく》の物語にさえ悪を支持する読者はいます」

『俺らよりよっぽど捻《ひね》くれてやがる』

「知人の作家曰く、反骨精神を身につけた証拠であり誰もが通る道でありつまりは成長、らしいですけど」

リゼルは可笑しそうに笑った。

幼い容姿で、そう大人びたように語った彼女は元気にしているだろうか。何やら気恥ずかしげに語っていたが、そういう視点で物語を読んだことがないリゼルは非常に興味深く聞いたものだ。

「例えば、主役を正義から悪に変えたとしましょう。人物配置や物語、互いの主義主張はそのままに、物語のメインの視点だけを悪側に据えた場合です」

『読んだ奴は悪党を応援するって？』

「少なくとも、変更する前よりはずっと増えるでしょうね。悪の〝主人公〟を相応の理由があるのだと擁護《ようご》して、正義の〝敵〟の主張をそれは綺麗事に過ぎないと切り捨てる」

変更前、変更後。

それらが両方存在するのなら両論あるだろうが、元々後者しか存在しないのだとすれば悪の支持者は格段に増える。正義と悪の主張は変わらないにもかかわらず、主人公の軌跡を文章で辿ってきた読者は、お前の行いは間違っていると主張する正義に「何も知らない癖に」と憤るだろう。

とはいえ読者層の違いなどはあるだろうが、それは今この論争に関係のないことなので置いておく。本題に関係のない部分をつついて無駄に時間をかけるような、そんな相手との議論だったならばよっぽど楽だったろうに。

「本の主人公に読者は自身を投影します。そうでなくとも無条件に好感を抱く方が多い」

『例外がさっきの、捻っくれたガキって訳だ』

「物事を多角的に見られるようになった証拠ですよ。つまりは成長です」

リゼルは少しばかり悪戯っぽく、小説家の言葉を引用してみせた。

ちなみに某劇団の団長にも、小説家のこの発言について話したことがある。他意はない。リゼル自身は純粋に感心したものだから、劇の役作りの参考になるのではと思っただけだ。

団長から返ってきたのは「ただの癖《へき》だ」というひと言だけだったが。

「好んだ相手に、人は正義を感じる」

リゼルは改めて結論づける。

「あなたは、あなたが正義と称する敵対勢力を愛してはいないでしょう？」

これで、両者の言い分が並んだ。

さてどう出るかと微笑みを絶やさないリゼルに、骸骨の船長が頤《おとがい》を持ち上げる。

カタリ、と顎骨が揺れた。何かを思案するような、何かに本腰を入れる直前のような姿だった。

同時にその時、後ろからはジルたちのもの言いたげな視線がリゼルへと向けられていた。リゼルは堂々と己の意見のように口にしているが、実のところ世間の意見の一部を一例として挙げただけに過ぎない。なにせ、三人とも物語の登場人物に感情移入しない派なので。

とはいえリゼルの元教え子の存在を思うと、全く心当たりのない意見を口にしている訳でもないのだろう。二人はそう納得した。あれが好意かつ正義故の贔屓《ひいき》なのかは全くもって不明だが。

『悪を悪のまま愛する奴はいねぇって？』

「悪に大義を見出すのなら、正義と変わらないでしょう。呼び名が変わっただけです」

『よく口の回る野郎だ』

緩く開いて揺れていた顎骨が、笑いに歯を打ち合わせてカタカタと音を立てる。

船長の骸骨は、クッションの効いた背凭れに勢いよく凭れかかった。豪華絢爛な指輪をランプの明かりに煌めかせながら、両手を広げるように扉の横に立つ部下たちへと向け、彼らを示すようにひらひらと揺らしてみせる。

『なぁ、聞け。俺はこれでも、こいつらに最高の船長だなんて慕《した》われてんだぜ』

二体のスケルトンが同調するように足を踏み鳴らした。肉を纏わぬ身にもかかわらず、体重の乗らない靴音は酷く威圧的で脅迫的。それらは生前の彼らの在り様を強く思わせる。

船長も自ら分厚い靴底を床に打ちつけ、それに応えながら豪快な仕草で身を乗り出した。

真っ暗な眼窩がリゼルを覗き込む。ジルとイレヴンが同時に牽制《けんせい》の視線を向けた。迷宮のルールがある。手など出そうとしても出せないだろう。けれどすぐに動けるよう、少しも揺るがず相手を見返すリゼルの出方を待つ。

『こいつらにとって俺は正義か？』

「違いますか？」

『違ぇな。こいつらは俺を、悪党の中の悪党だと知っててついてくる命知らず共だ。大義だ？　そんな大層なもんに縋《すが》らなきゃ何もできねぇ臆病者は、とっくにサメの餌《えさ》にでもなってるさ。なぁ、それともだ。邪道もまっすぐ進みゃあ正道だなんて吐いてみるか?』

吐きつけるように机に文字が綴《つづ》られていく。

真っ暗な眼窩の中で闇が波打っていた。夜の海にも似た、沈むような闇だった。

リゼルは荒々しい筆跡を追っていた視線を持ち上げる。顔の角度を変えずに、アメジストの瞳孔だけを机の上から船長へと向けた。白骨の指が机を叩く。大ぶりの宝石がランプに煌めいている。

ココココ、と軽やかな音がした。本人の機嫌どおり、なのかはまだ分からない。

『そりゃあ綺麗事ってもんだぜ、お嬢ちゃんよ』

つまり、お前は綺麗事を用いる正義の〝敵〟であると。

そう言われてしまった。持論を利用され、綺麗にやり返されたと言ってもいい。更にはお嬢ちゃん扱いだ。これだけ舐められるというのも、最近はとんとなかった気がした。

リゼルはうっそりと笑みを深める。

ああ、楽しいと、そう思ってしまった。

それを表に出しても許される。余計に浮かれてしまいそうだった。何より、後のことを考えず純粋に叩き伏せればいい論争など、あちらでは決して許されなかった。それが、ここでは許される。

「失礼」

零した声色は、物柔らかなまま一切の感情を読ませない。

「大海賊と相対するのに、礼を欠く真似をいたしました」

さて、百戦錬磨の大海賊と相対するに相応しい礼儀を示さなければ。

リゼルは愉しみに目を撓《しな》らせ、伸ばしていた背筋を緩めて背凭れに預ける。指を組んだ両手を膝の上に置き、ゆっくりと足を組んだ。椅子が小さく軋んだ音を立てる。敢えて煽るように、微かに頤を上げて相手を見据えた。

その瞳は穏やかであり、されど惹き込まれれば破滅しかねない誘惑があった。悪党ほど惹かれて止《や》まない誘惑。身に纏う清廉《せいれん》に、人知を超えた芸術品が孕むような殺気すら滲んでいた。

「(うっわ、贅沢)」

イレヴンは、歓喜に背筋を震わせる。

魔物に向けるには過ぎたものだ。あの骸骨が、本当に魔物かどうかは知らないが。

ただ、これに歓喜を覚えられることを喜んだ。命の取り合いに魅力を感じられるなら、きっとこの身が竦むような殺意に煽られて仕方がない。ジルも同じものを感じているだろう。

だがきっと、己ほどではないはずだ。

イレヴンは僅かな優越感に小さく息を吐く。同時に、逸る自身を落ち着けるように視界を広げていった。ジルを見れば、微かに眉を寄せている。扉の両隣に陣取るスケルトンが二体、見失いかけた理性を手繰《たぐ》りよせるように、手にした剣の背で己の大腿骨《だいたいこつ》をノックしていた。

『礼なんざ気にしたことがねぇ。リーゲンベングの頭でっかち共と違ってな』

「望まない交渉事があったようですね」

船長は酷く機嫌が良さそうに、鼻歌代わりに数度だけ顎を鳴らした。

乗り出していた身を起こし、少年が格好つけるように傾いていた海賊帽を元の位置に戻す。背を反らすように背凭れに身を預ける姿は堂に入り、さぁ貫いてみせろとばかりに肋骨を張った格好には、相手の出方を存分に楽しんでやろうという鷹揚とした気概があった。

「あなたの持論は、あなたが絶対悪であることが前提ですね」

『なら俺を正義にでもするか？　そりゃあ無理だぜ』

「何故ですか？」

『生まれてから今まで、正しいことなんざ一回もできた覚えがねぇ』

「正義と正しさはイコールではないでしょう」

『イコールだって言う奴が大半だと思うがね』

「罪を許し、罪を呑《の》み改心するのが正しい行いです。けれど、正義はそれを罰する」

『正しい人間は泣き寝入りしろって？』

「できませんよね。全ての人が正しくあるのは難しく、だから正義という秩序が悪を裁きます。大義がなければ悪と呼ばれる手段をもって、高潔な精神を胸に秩序を守るのが正義です」

一人は声で、一人は文字で、互いの隙を狙うそれらが途切れることはない。

どちらも揺るがず、引く気もない。それは両者共に、背負うものがあるからだ。

自らが舐められれば配下も舐められる。海賊も冒険者もそういう世界だ。リゼルにとってジルたちは配下でも何でもないが、それでもパーティという括《くく》りにおいて己が頭であることに変わりはない。

一秒たりとも間の空かないやり取りは、剣での斬り合いにも劣らぬ舌戦だった。

「あなたは船の中に法を作り、守らない者を断罪した。そうして秩序を守ったのでしょう」

『だから正義だ？』

「少なくともあなたの法、あなたの船の中で生きる部下たちにとっては」

『詭弁《きべん》でしかねぇ。それで俺らを殺す奴が悪になるって思ってんなら、随分と』

リゼルは言葉を切った。

決して嘲らず、見下さず、敵意も含まず。慈愛すら含んで、頬を綻ばせる。

そして、まるで愛する者に心を誓うように。囁《ささや》くように、そっと唇を開いた。

「スリルを愛するあなた。死後も尚、配下に慕われる偉大なひと」

星座をなぞるようにそっと視線で辿っていく。

伽藍洞の眼窩から、文末の途切れた血色の声へ。頤を持ち上げるように後ろを振り返り、剝き出しのサーベルを手に扉の前に立つスケルトンを見据え、にこりと笑う。

「この船はあなたの国に外《ほか》ならず、ならば配下はあなたの民に外ならない」

『それで、どうするって？』

机上の文字に警戒が滲む。

歪な線の隙間を所々、滴り落ちた血痕にも似た赤が埋めた。船長である骸骨はならず者であり、だからこそリゼルの言葉の意図を察している。リゼルが何を言おうとしているのか、しようとしているのか、予想がついているからこその警戒であった。

けれど、だからこそ骸骨はふてぶてしく、海賊服に包まれた片肘を机に置いた。

友人に気さくに話しかけるように肩を傾け、天板に刻んだ声のとおりに顎を動かす。

『は、こっちの流儀に合わせてくれる訳だ』

「合わせられていなかったことは先ほど謝罪したはずですが」

『俺らにとっちゃあ確かに、平和的な話し合いなんてのは嫌がらせだろうな』
コ、コ、と上顎と下顎が重なる音がする。
『だからと言っちゃあ何だが、人質なんて考えるもんじゃねぇぜ。てめぇを道連れに笑いながら死んでいく奴らしかいねぇんだ。どいつがくたばろうが、酒でもぶち撒《ま》けて見送ってやるよ』

「そうでしょうね」

余裕の態度に、リゼルも反論はしない。

最初から平和的な話し合いなど通用しないのだ。相手の「正義とは俺の敵だ」という主張は、冒険者がどう正論を述べようと覆《くつがえ》せないようにできている。

目の前の威厳ある骸骨が、こちらの言い分を認めなければそれまでのこと。理屈も何もない。相手が違うと言ってしまえばそれまでだ。どれほどこちらの主張が的を射ようが、そんなものは知らないと言われてしまえば議論は終わる。

リゼルはそう結論づけ、だからこそ説得の仕方を変えていた。

「絶対悪を名乗るあなた方は、何をされようと報いだと受け入れてしまうのでしょう」

これしかないから、こうしようと決めていた。

配下を人質にとるのではない。言葉以外の武器が禁じられている今、たとえ武器を使わずとも人質をとるという行為が認められるかは分からない。賭けにしても分が悪すぎる。

ならば、相手自ら己の主張を否定してもらうしか勝ち目はない。

「イレヴン」

慈しむような声だった。

促すように小さく首を傾けるリゼルは、そうして呼びかけた相手を振り返りもせず、一瞥たりとも向けはしない。そうせずとも、呼びかけた相手が酷く楽しげに次の言葉を待っているのを知っている。

「船首で航路を見守っている美しい人、どうしましょうか」

「とびっきりの人形性愛者《ピグマリオン》知ってっから、そいつにやろ。プラス加虐性愛者《サディスト》っつう救いようのねぇ奴だし、十日もすりゃ汚ねぇ石ころになって転がんだろうけど」

自由に白骨を揺らしていた船長が動きを止める。ピアノを奏でるように机を叩く指先も、余裕を表すように開いていた下顎も。思い出したように床を叩いていた爪先も、声を出すごとに開閉していた肋骨も全て。

ぼとり、と血の塊《かたまり》が落ちたように机に赤が滲む。

ぼとり、ぼとり、と赤が机を埋めつくしていく。

それをリゼルの頭越しに見下ろし、イレヴンは酷く愉しそうに笑った。嘲りを隠さない笑みは、およそ人々が日常で見るようなものではなく。だが恐らく、海賊である彼らには見慣れたものなのだろう。

「ジル」

呼ばれ、ジルは微かに片眉を上げた。

彼は入室から一度も剣の柄を離さない。殺気の満ち始める室内をただ冷静に眺めている。

「悠然と張られた帆は、随分と丈夫に作られていましたね」

「豚小屋にでも敷いときゃ掃除の手間も減る。雑巾代わりに欲しがる物好きがいりゃあな」

扉の隣に立つスケルトンがにわかに落ち着きをなくす。

激高し、憤怒《ふんぬ》し、理性を失った様子でサーベルを振り上げるも、振り下ろす直前で不自然に力を失う。糸の切れた操り人形のように腕が落ち、辛うじて手放されなかったサーベルが床を向いた。

今まさに襲いかからんばかりの姿だ。

だが、できはしない。彼らの船で、彼らの定めたルールがある。いかに悪逆の限りを尽くそうが、いかに非道に堕ちようが、そこを越えては生きてなどいられない一線が必ずあるのだ。

「これほど立派な船です。数多の航路を切り開いてきた舵《かじ》もあるでしょうか」

だからこそリゼルは、僅かな危機感すら抱かずに口にする。

思案するように口元に触れ、余所を見て、ふと思いついたかのように船長へと向き直った。

「ああ、そうだ」

愉しげに、笑う。

「私たちが泊まる宿に、素敵な暖炉《だんろ》があるんですよ」

ばきん、と何かが割れる音がした。

骸骨の船長だ。背骨が折れるような音。同時に、彼の背を覆う海賊服が歪に盛り上がる。立ち上がった訳でもないのに頭蓋骨が天井へと届こうとしている。背骨が伸びていく。机に隠れて見えなかった部分、腰骨あたりから強大な骨の腕が二対、錆びついた螺子《ねじ》を無理に回したような音を立てながら広がった。

二対の巨大腕が机を叩く。低い天井近くまで伸びあがった頭蓋が下りてくる。

三対になった腕に、蜘蛛《くも》のようだ、と今や真上から覗き込まれているリゼルは思った。見上げた伽藍洞の眼窩は変わらず真っ黒で、月明かりを亡くした夜の海だけがぐるぐると波打っている。

『どういうつもりだ』

「言葉のままに」

『そんなもんはどうだって良い。できるできねぇ、そんなもんはどっちだろうが別に良い』

「そうですね。あなた方にとって大切なのは享楽《きょうらく》、勝ち負けは二の次なんでしょう」

『おい、おい、何だ、てめぇ。さっきまでの言い分はどうなった?』

「言い分、というと?」

巨大腕が二対四本、机を軋ませながらリゼルへとにじり寄る。

リゼルが見上げた先、今にも鼻先が触れそうな距離で、剝き出しの上顎と下顎が噛み千切らんとするようにぶつかった。火打石を打ったかのような、破裂音にも似た強烈な音が耳を刺す。

『裁くのが正義なんだろうが、なぁ、裁くべき悪はどこにいる? なぁッ、おい、こいつは何の罪も背負ってねぇだろうが、なぁ、なぁッ、違うかッッッ』

　ガチン、ガチンと歯列が激しい音を立てている。

　机に刻まれる赤黒い声は、いまや荒々しく崩れていた。文字の大きさも異なり、列そのものを見失い、叩きつけたかのように飛沫《しぶき》の跡が飛び散っている。酷い悪筆であった。

　リゼルは頤を持ち上げたまま、視線だけでそれらをなぞり、再び頭蓋へと視線を戻す。

「裁くべき悪はどこにいる、なら、悪を裁くべき正義はどこに？」

『違うか、なぁ、ぶっ殺してやる、てめぇ、Landlubber《土好き》の分際で』

「落ち着いて。そうすれば、あなたの勝ちです」

　リゼルは手を持ち上げ、頭蓋骨の怒りに震える顎を指先でなぞる。

「私はあなたの敵に回りましたよ」

『ぶっ殺してやる、ぶっ殺してやる、薄汚ぇ×××共、ぶっ殺してやる』

「どうか私のことを正義だと、そうおっしゃってください」

　ぴたりと、今や異形と化した骸骨が動きを止めた。

　リゼルの首を折らんと伸ばされる巨腕。その指輪だらけの指が、堪えきれぬ衝動に痙攣《けいれん》したように跳ねている。机の上を這い、その裏側に回った二対の巨大腕が、隠されていたサーベルを握りしめたまま固まっていた。

　ジルがすぐに抱えられるよう背凭れに手を置き、イレヴンがいつでも扉に駆け出せるよう一歩足を引く。船長に倣うよう微動だにしないスケルトンの眼窩すら向くなか、リゼルはゆっくりと首を

傾けた。

「自分の敵は誰であろうと正義だと、それがあなたの言い分でしょう？」

扉を守る二体のスケルトンが音を立てて崩れ落ちる。

床に散らばる白骨に、身に着けていた衣服が被さる。話し合いが結末を迎えたことを悟り、ジルとイレヴンは警戒を解いた。

『国崩したァでかく出たな、この悪党どもが』

「光栄です」

『は、ほざきやがる』

巨腕が崩れ落ちる。

サーベルが床に落ち、骨が相次いで床を跳ねる。本来の腕が机に転がり、幾本かは机の下に落ちた。白い指を飾る指輪も、天板に横たわるものもあれば落ちてどこかに消えたものもある。

『俺が一番愛した女だ。手ぇ出してくれるなよ』

「約束しましょう。最初から、実行に移す気はありませんでした」

それぐらい、船長は理解していただろう。

それでも憤った。当然だ、最愛の相手に向けられる恥辱《ちじょく》を看過できるはずがない。

正論など正しいだけで何の役にも立たない。相手が嫌がれば正しかろうが罵詈雑言《ばりぞうごん》と変わりない。

海賊たちも、そりゃご立派でと笑い飛ばしながらサーベルを抜くだろう。

悪を悪と知りながら突っ走る悪党。あるいは彼らから利益を得る者にしてみれば必要悪。

そんな外野の評価すら、本人たちは気にもかけない。海賊たちを動かすのはいつだって、荒れ狂う海原にも似た強い強い感情のみ。歓喜、憎悪、快楽、憤怒、良くも悪くもそれだけが彼らを駆り立てる。

「俺は、あなたのクルーではありませんが」

崩れ落ちるように生前のサイズを取り戻した相手へと、リゼルは敬意を惜しまず微笑んだ。

「良い旅を、船長」

『Ye ta《てめぇらもな》, scallywags《クソ野郎共》!!』

椅子に腰かけた骸骨が崩れ落ちる。

力を失った下顎が揺れ、頸椎から頭蓋骨が離れて机の上を転がった。

海賊たちの旅路がどうなるのか、それは誰にも分からない。もう終わっているのかもしれない。まだ途中なのかもしれない。どちらにしても、向けた言葉はきっと間違ってはいないはずだ。

「お前にしちゃ賭けに出たな」

「そうですか？」

ふいに、長く息を吐く音が聞こえてリゼルは振り返る。

武器禁止も解かれたようで、既に抜き身の大剣を握ったジルが凝った首を回していた。

「親切に相手の勝ち目残してやっただろ」

「何それ、何処？」

「正しくなくても正義っつうとこ」

「あ？　あー……ああ、そゆこと」

納得いったようにイレヴンが頷いた。

彼は床に転がっている指輪を拾い上げ、さて本物かとランプの明かりに透かしている。戦利品扱いできるか確認しているのだろう。カットの美しい大ぶりの宝石は、一つ売れば一年は遊んで暮らせそうだ。

「リーダーがどんだけ煽っても、相手は『うるせぇ知るか』で済ませれるワケだ」

「そう言われれば俺の負けでしたね」

「相手に自分で負け選ばせるとこがお前だよな」

「そうしないと勝てなかったんだから仕方ないと思います」

呆れたようなジルの言葉に、心外なとリゼルは拗ねてみせる。

リゼルとて、海賊たちの最愛を貶《おとし》める真似はできる限り避けたかった。けれど、他に手がなかったのも事実。ならば必要なことだと割り切るしかないだろうに、それが本意だと思われては堪らない。

リゼルも立ち上がる。室内で調べるべき場所は特にない。

ここまで凝った迷宮ならば航海日誌くらいありそうだが、それも見当たらなかった。船の隅々まで歩き回った訳でもないので、もしかしたら見逃してしまっている可能性もある。あれば何かしら役に立ちそう、あるいは迷宮への理解が深まりそうだが、ジルやイレヴンはそのあたりを重要視しないだろう。

惜しいけど諦めるしかないな、と机の上に転がる海賊帽に触れた時だ。

「あ」

「どうした」

「文字が」

机の天板、物静かな頭蓋骨の隣に文字が滲む。

描かれたのは『右に三、左に全力、ぶん殴れ』という文言と、今にも笑い出しそうな頭蓋骨の横顔。この船のジョリーロジャーに描かれていたものだ。

拾い終えた指輪を手の上で遊ばせながら、机を覗き込んだイレヴンが眉を寄せる。

「暗号?」

「何処で使うんだよ」

「この部屋の中にはないですよね」

三人は周りを見回すも、これといった対象は見つからない。

ひとまず覚えておこうと結論づけて、そろそろ先へ進まなければと足を踏み出す。戦利品は七つの指輪と、巨腕が扱っていたサーベルが四本。ちなみに指輪はもう幾つかあったはずだが、棚などの後ろに転がっていってしまったのか見つからなかった。

指輪はその内イレヴンが換金して、その金貨を配るだろう。デザイン的に彼がそのまま使いたいものもなさそうだ。サーベルはジルの目に適ったらしく、珍しく積極的に回収していた。

リゼルはふと、置きっぱなしの海賊帽を手に取る。被ってみた。

「似合いますか？」

「似合わなくはねぇけど海賊にも見えねぇ」

「リーダーが被ると貴族の変な流行りっぽい」

好評なのか違うのかよく分からない。

リゼルは苦笑しながらも帽子をとり、机の上にある骸骨を見下ろして静かに被せる。

「やっぱり、あなたが一番似合うみたいです」

三人が去り、無人となった室内。

そこでは残された骸骨が数度、まるで笑うかのように歯を打ち鳴らしていた。

その後、リゼルたちは順調に迷宮の攻略を進めていった。

時に魔物に襲われ、時に伝声管に呼ばれ。そうしてついに辿り着いた最深層は、あらゆる期待を裏切って何の変哲もない小さな物置。いや、物置より狭いだろう。

部屋は天井だけがひたすら高く、壁際に備えつけられた梯子《はしご》が一本、延々と上に伸びていた。

「あー……天井から出れんのかも」

「ひたすら下って、最後に上らせる迷宮は珍しいですね」

「まぁ間違いなくボスだろ」

これでボスでなかったらどうしよう。

三人はそんなことを話しながら長い長い梯子を上る。木製の梯子は酷く簡素な作りで、上りやすさなど微塵も考えられていない。意外と疲れるなと、リゼルはそう考えながらせっせと木の板を踏みしめる。

先を行くイレヴンの動作は軽く、下から聞こえるジルの声も揺るがない。二人と比べるのがおかしいとヒスイに言われたことはあるが、それでも頑張らなければと気合を入れなおして両端を握る。

「どんなボスでしょう」

「スケルトンの親玉とか？」

「船長差し置いて誰だよ親玉」

「だよなァ」

魔物だというのなら、誰ということもないのかもしれないが。

それでもしっくり来ないな、と予想を交わす二人に、リゼルは少しばかり息を乱しながら笑みを零した。以前ならば迷宮相手にそういう考え方などしなかった二人が、こうして戯れるような会話をしているのが嬉しかったからだ。

そのまま暫く二人の会話を聴いて、やがて自分も交ぜてもらおうとボスを予想する。

「この船を襲撃した相手、とか」

「あ？」

「そういや外から見るとそんな感じだったっけ」

「敵船の一団が相手っつうのもあるか」

「集団戦んん？　変な迷宮だしアリっちゃアリかもだけどさァ」

話している内に、ついに天井までたどり着いた。

イレヴンが手のひらをあて、押し開く。ボス用の広い部屋にでも出られるのだろうかと、そんなことを考えていた三人の予想は大きく覆された。開かれていく扉の隙間から差し込んだ、強い強い太陽光。

「は……？」

まさか、と真っ先に顔を出したイレヴンが見たのは果てのない大海原だった。

湖もサルスも存在しない、青い空の下に波の輝く一面の海だ。水平線しか見えない。

「海、ですね」

「何処だここ」

三人が下り立ったのは甲板だった。

何故か迷宮に潜る前に見た襲撃の跡がない、今なお現役で海をかける海賊船だ。

見上げれば傷一つない帆が風を受け、見下ろせば進む船に掻き分けられた白波が見える。リゼルたちの他には誰一人としておらず、ボスの姿さえどこにもなかった。

「この船、進んでますよね」

「え、俺操縦できねぇんだけど」

「俺もです」

「難破したら終わりじゃねぇか」

既に航路をとっている巨大船。

流石の三人もどうすることもできず、うろうろと船上を彷徨っていた時だ。

突如、船の真横で海から何かが飛び出した。何処からか放たれた砲弾でも着水したのかと思うような音、けれどそれよりもずっと大きな音を立て、跳ね上げられた飛沫《しぶき》が甲板の床を叩く。

雨のように降るそれを腕で庇いながら、リゼルは細めた両目でその方向を見ていた。太く白い触手が振りかぶられている。三人を狙ってか、甲板へと叩きつけられようとしていた。

「でっか」

そう零したイレヴンに腕を摑まれ、リゼルは促されるままに駆けた。

直後、何かをへし折る音と共に触手が甲板を攻撃する。すり抜けざまに振り下ろされたジルの大剣は薄皮一枚を切り裂くのみ。聞こえた舌打ちは、少しばかりの楽しみを含むのだろう。

白い触手が引き摺《ず》られるように海に吸い込まれていく。

同時に、海面を盛り上げながら姿を現したのは。

「大きいイカですね」

「うっわ、斬りづらそ」

「船操るだけのラストよりマシだろ」

これまで襲撃してきた帆船《はんせん》を取り込み異形《いぎょう》と化した、見上げるほどの巨大イカだった。

軟体から骨だけとなった帆が飛び出し、船体と一体化した体からは幾本もの触手が伸びる。その体から突き出た船首がリゼルたちの乗る船の柵をへし折った。流石に船自体を沈められることはない、と思いたい。

「(再現戦、なのかな)」

歪んだ柵が、迷宮に潜る前に見たものと重なる。

これは、この船が受けた襲撃の再現だ。というよりもリベンジマッチというべきか。

リゼルは骸骨姿の船長を思い出した。敵討ち、というと恩着せがましいかもしれないが。

「頑張りましょうね、ジル、イレヴン」

「りょうかーい。でかすぎてどうすりゃ良いのか分かんねぇけど」

「これ船放置でいいのか」

「多分大丈夫です」

目の前に立ちふさがる魔物こそ、船乗りにクラーケと恐れられる海の魔物。

三人は武器を構え、その強大な相手へと向き合った。

180.

見渡す限りの大海原は、煌々《こうこう》と照る太陽に煌めいている。

抜けるような青空は雲一つなく、船上では潮風を受けた帆がピンと胸を張っている。

船尾を見れば、まるで船首の人魚像が纏うベールのように白波が広がっている。

揚々《ようよう》と進む海賊船。リゼルたちの目の前には太陽を遮るほどに巨大なイカの魔物が一匹。

「あ、これじゃん⁉　槍《やり》あった槍！」

「それをどうすんだよ」

「多分ここに置いて、ここに根っこを合わせれば……ん？」

「どうした」

「狙いが上下にしか動かなくて……これがデフォルトなんでしょうか」

魔物は幾隻もの帆船を取り込んだように歪であった。

三人はそんなおどろおどろしい魔物を前に、ああでもないこうでもないと戦略を練る。彼らが向き合っているのは巨大なバリスタで、甲板に幾つもある内の一つだ。

この船は通常の大型帆船と変わらず、立派なマストがあり、張り巡らされた無数のロープがあり、飾りではあるが舵があり、そして対魔物用の兵器がある。その対魔物用兵器の代表格こそ、三人が手探りながら使おうとしている巨大弩《ど》だった。

剣や魔銃で斬ったり撃ったりも試したが、圧倒的質量とリーチの差はどうにもならなかった。

「リーダーこういうの詳しくねぇの？」

「俺が知ってるバリスタは魔石粉砕式なので」

「これ旧すぎるってこと？」

「おい何一人で戻ってきてんだ。槍持って来い」

途端、ボスの触腕が甲板の上を薙《な》ぎ払う。

三人は揃ってしゃがみ、それを避けた。触腕がマストに当たって大きく船が揺れる。

「狙いはなァー……まぁ良いんじゃん？　適当に撃ちゃ当たりそうだし」

「そう、ですね。タイミングだけ、気をつければ、いけそうです」

リゼルは巨大バリスタに摑まり、転がりそうになる体を支えながらボスを見た。

海賊船は独りでに動き、ボスの周りをゆっくりと周遊している。最初に甲板を隅々まで探索した際、舵があるのは確認している。適当に回してみても進路は少しも変わらなかった。

素人が操舵《そうだ》してボスから離れていくよりはマシだと思うべきか。幸いにも、ボスが積極的に接近してくれるために手も足も出ないということはない。とはいえリーチが違いすぎて、半ば一方的な展開になっているのも否めなかった。

そこで三人は、このバリスタに頼ろうとしているのだが。

「ここ置きゃ良いのか」

「はい、この弦に根元を合わせて」

「固ッ、こんなの引けねぇんだけど」

「いえ、多分この滑車を回して弦を引くんです。けどこれを引っかける金具がなくて」

「えー探さなきゃじゃん……もうニィサンに引かせよ」

武骨で巨大な金属槍、その先端は鋭さよりも頑強さを優先している。

そんなものを飛ばそうというのだから、弦の張りはもはや人の手で引けるようなものではない。

当然それを引くための滑車が組み込まれている。よって本来ならば、弦とそれとを繋ぐ金具があるはずなのだが。

だが見当たらない。どこに仕舞われているのか想像もつかない。

「備品の管理ミスです。しっかりした船長さんだと思ったのに」

「つっても海賊だし」

「怒んじゃねぇよ」

「怒ってはないですけど」

先程会ったばかりの船長へ不満を零すリゼルの頭を、ジルが下に押す。

一瞬後、突き出された脚が三人の頭上を通過した。太い脚が影を作り、そこから滴《したた》り落ちる海水が髪や頬に落ちる。冷たく、潮の香りが強くした。海産物特有の生臭さはないのが救いか。

「ジル、引けそうですか？」

「あー……」

考えるように零しながら、ジルは全くたわみのない弦に手をかける。

片手を台座に押しつけ、凄《すさ》まじい弦の張りに逆らうように肘を引いた。兵器の名に相応しい、剥き出しの木肌を持つ巨大弩が軋んでその身を撓らせる。張りつめた弦は、一つ間違えれば指が飛んでいってもおかしくないほどであった。

ジルの手首に血管が浮き上がる。けれどその手は少しの震えも見せはしなかった。

「あ、行けそうですね」

「人外ー」

「てめぇは狙いつけてろ」

「はいはい」

リゼルが火の魔力を込めた魔銃でクラーケを牽制する。

イレヴンがバリスタの先端からぶら下がるロープに体重をかけながら角度を定める。

充分に弓を引き絞ったジルの灰銀の瞳がまっすぐに白い巨体を睨みつける。

この時点で「金属槍をジルが投げたほうが早いのでは」という考えが三人には浮かんでいるも、知らないふり。折角あるのなら使うしかない、そんな魅力が海賊船の巨大弩にはあった。

冒険者は時に、効率よりもロマンを追い求めるものなのだ。

「狙いっつっても何、これ直線で飛ぶ？　曲線？」

「ジルが引いてるなら直線ですよ」

「バリスタじゃなくて俺の性能で説明すんの止めろ」

「じゃあこんくらい。はい撃って撃って！」

直後、想像したよりも軽い音をたてて鉄の槍が発射された。言うまでもなく軽いのは音のみ。人体に使うには過ぎた威力の一撃は、曲線を描くことなく蠢《うごめ》く巨体へと向かう。

その槍が、クラーケの纏う難破船へとめり込んだ。

けたたましい音を立てて潜りこむ鉄槍に、二本の触腕が弾かれたように持ち上がる。鳴き声だろうか、潮騒にも似た低い音が海に響き渡る。魔物は憤怒《ふんぬ》していた。

振り上げられた両腕が振り下ろされ、吸盤の並ぶそれが甲板を叩く。大きく船が揺れた。

「これ船壊れんじゃねぇの⁉」

「迷宮だから壊れねぇだろ」

「迷宮ルールに救われましたね」

その気になれば大船の一隻や二隻、容易にひっくり返せるだろう攻撃にも船は耐える。

お陰で右に左にあり得ないほど揺れるも、そこは無類の体幹の強さを誇るジルがいる。リゼルは彼に襟首《えりくび》を引っ掴まれたお陰で転がらずに済んだし、イレヴンはジルの靴へと己の靴の側面を押しつけるように踏ん張った。もはやこの程度ではジルから文句は出ない。

「で、どうなった」

「全ッ然ダメ」

「身までは届いたと思いますけど、致命傷は難しそうです。目とか狙ってみましょうか」

「こんな雑な照準で狙えや良いけどな」

無差別に叩きつけられる触腕を避けながら、三人は波間から覗くクラーケの瞳を見る。

丸い瞳孔はどこを見ているのか。水晶体が剝き出しのそれは、大人一人の身長を超えるほどに巨大だ。それは的としても大きいことを意味するが、時折水面下に隠れるうえ、上下にしか狙いのつけられないバリスタで射貫くのは厳しいだろう。

「お、ゲソ引いてく」

「ゲソ？」

「イカの足。これアスタルニアでしか言わねぇ？」

「そもそもイカが出回らねぇだろ」

「あー、そっか」

眺める三人の前で、甲板を襲っていた触腕が海へと沈んでいく。

攻勢はひとまず止んだようだ。いや、止んだのだろうか。三人はそろそろと柵に近寄り、何があったのか十本の足を海の中に隠してしまった巨体を眺める。

波の音しか聞こえない静寂が訪れた。

「目ぇ狙うならニィサン投げんのが確実？」

「そうですね。ロマンはないですけど」

「斬れんなら斬りてぇ……おい」

ふいに潮風が冷える。

ジルが怪訝な顔で眉を寄せた。リゼルもイレヴンも同調するようにクラーケを見る。

パシン、と何かが割れる音がした。懐かしさを感じるには早い、リゼルたちにとっては聞き覚えのある音だ。三人は目を凝らす。

空の色を映した青い海面、それが巨体に触れている部分から徐々に凍り始めていた。

「何あれ、死んだ？」

「死にかけが凍ってどうすんだよ」

「あれは……」

ジルもイレヴンも、まさか本当に仕留めたとは思っていない。

にもかかわらず、戦闘中とは思えない物見遊山《ものみゆさん》な会話をする彼らの隣で、リゼルはクラーケの全身を注視した。魔力の流れが直接目に見える訳ではないが、それを捉えるためのコツは身についている。それに従い観察していれば、クラーケの巨体を巡る魔力に変化が起きているのが分かった。

触腕を除いた八本の脚、それらの先端から体のほうへと魔力が集まっている。凝縮された魔力が漏れ、海面を凍らせているのだろう。零れた魔力、と称して良いような魔力量ではないが。

二つの巨大な水晶体は濁りもせず、纏う難破船の隙間からこちらを見ていた。

「魔法攻撃、来るかもしれません」

「こっから更に遠戦とかどうしようもねぇだろ」

「バリスタだけで戦うのきつくねぇ？」

文句たらたらのパーティメンバーにリゼルが苦笑した瞬間、クラーケの触腕が蠢いた。

海上で揺れていたそれが水の中に潜る。白の隆線が数度波打ち、そして再び姿を現した。

先端には、まるで流氷を叩き割ったかのような分厚い氷塊《ひょうかい》。それが大きく振りかぶられる。

「思ったよか力業《ちからわざ》」

「船沈むんじゃねぇの」

「流石にあれで穴を開けられることはないと思いたいですけど」

見た目に分からぬ筋力、そして両腕の撓りを利用してその氷塊は投げられた。

リゼルは数歩、ジルたちへと近づく。隣に立ち、異変を感じた瞬間から用意していた魔力防壁を発動。質量差がありすぎる、と三重に重ね張りした防壁を、二枚目まで破壊して氷塊が甲板の床に落ちた。砕け散るように消えていく。

甲板を埋められては余計に戦えなくなる。消えてくれるのは有難かった。

「片っぽ外れ」

「どうすんだよ、次来んぞ」

「どうしましょうか」

三人は三投目を振り上げようとしているボスを眺めた。

「近づく?」

「方法がありません」

「ひたすらバリスタで削るにも槍足りねぇだろ」

「リーダーが燃やそうとしてもダメだったし」

「つってもこれまでに踏破したパーティいんだしな」

「どうやったんでしょうね」

「弓使うSランクみてぇのがすっげぇいたとか?」

「確かにヒスイさん、『的は大きければ大きいほど良い』って言ってましたけど」

どのパーティにも共通する悩みだ。遠戦になればなるほど攻撃力に欠けてしまう。

キロメートル単位で攻撃可能なヒスイは例外中の例外で、流石はSランクだと言う外ない。

それを思えば意地の悪いボスなのだろう。とはいえ迷宮なので、近づく手段が全く存在しないとは思えない。バリスタが配備されているあたり、完全に遠戦で決着をつけろと言われても不思議ではないのだが。

「バリスタの槍に爆発系の魔石つける？」

「氷でガードされんだろ」

「ニィサン十本くらい一気に投げれねぇの？」

「十本足と一緒にすんじゃねぇよ」

リゼルは三投目の氷塊を防ぎながら思案する。

遠戦で地道に攻撃を重ねて決着。そんな戦いを、ジルとイレヴンは望まないので。

「最終手段です」

「あ？」

「リーダー何？」

船体に打ちつけられた波が飛沫を上げる。

その飛沫越しに、ジルたちは何やら楽しそうなリゼルを見た。

「あれを使いましょう」

その言葉と同時に指さされたのは最も立派なマスト、その頂点。

見上げた先にある見張り台には、一台の伝声管が備えられている。

迷宮により与えられた唯一の優位性、それこそが他冒険者との会話を可能にする伝声管だ。

ならばそれを生かすべきだろう。リゼルはイレヴンを伴いながらマストを上り、見張り台へと足を踏み入れた。ちなみにイレヴンは甲板に残ってもやることがないのでついてきている。

「これリーダー的には最終手段なんだ？」

「報酬《ほうしゅう》の分配で揉めるかな、と」

「つっても他の奴は口出すだけ出して踏破報酬の半分を貰ってますし」

「俺もアイン君たちに口だけ出してリーダーいねぇとどうにもなんねぇヤツだし」

「あー、前聞いたやつ。それはリーダーいねぇとどうにもなんねぇヤツだし」


確かに、今回は相談が必須という訳ではない。

恐らく地道にやれば、いつかはあの巨大なボスを倒せるだろう。ただ、ジルやイレヴンはそんな戦い方では揚がらない。よって他人の口出しを嫌う二人も、今回ばかりはリゼルの提案に頷いた。

何より、折角あるのなら使ってみたいという気持ちが大きい。

「四投目ぇ」

「はい」

放たれた氷塊をリゼルが防壁で弾く。

狙いは意外と的確だ。触腕の撓りを存分に生かしたピッチングは素晴らしいのひと言。

戯れにそんなことを考えるリゼルは、ふと見張り台から身を乗り出した。落ちそう、というひと言と共に隣に立ったイレヴンに装備のベルト部分を握られる。礼を告げながら眼下を見下ろせば、ちょうどジルが自分に向けられた氷塊を大剣で叩き割っているところだった。

そんなジルだが、彼はおもむろに甲板の端からバリスタ用の槍を持ってくる。何度か握り直して重心を捉え、柵の手前まで歩いたかと思うと力の限り槍を投擲《とうてき》した。目を狙った一投は、波間に沈んだ的を捉えられずにヒレを裂く。

「あんな化けモン相手に投げ合えんのマジ人外」

「槍が有限じゃなければあれを続けるだけで勝てそうなんですけど」

気に入らなそうに鼻を鳴らすジルに、楽しんでいるようで何よりだとリゼルは頷いた。

そして改めて伝声管の蓋を開いていく。隙間からは相変わらず賑やかな声が漏れ聞こえた。

『あーーもう無理もう自分が何処にいんのかも分からん全員沈め』

『本と地図がある部屋って本当に何もねぇのか』

『いかにも何かありそうだけど何もねぇ。それよかよ』

「そこ、隠し扉ありますよ」

『貴族さん⁉』

『マジかよもう通りすぎたっつうの！』

『おい何があんだ！』

「この船の船長さんとの会話を楽しめます」

『会話かよ……じゃあいいわ……』

『サンキュー穏やかさん……』

俄《にわ》かに爆発したテンションが露骨に急落した。

リゼル的には、宝箱にも負けない魅力のあるやり取りだったのだが。何より迷宮的にはトップレベルで希少な体験なのに、と不思議に思いながらも冒険者たちへと呼びかける。

「それで、俺も少し助言をいただきたくて」

『は？　俺らがなんの助言できんの？』

『そっちの三人で解決できねぇモンあんなら詰んでんだけど』

『逆に気になってきた』

攻略も折り返しを過ぎた冒険者が増えてきているのだろう。

攻略初期の爆発的な勢いは鳴りを潜め、行き詰まることが増えてきたのかもしれない。気だるげな声も多く、暇つぶしに使える伝声管の前で腰を落ち着けている者も少なくないようだ。

他の冒険者と言葉を交わせる。そんなギミックをわざわざつけたからには使わせたいのか、伝声管の周囲には比較的魔物が少ない。もちろん完全に安全とは言えないが、迷宮内で腰を落ち着けるには十分なセーフティースポットだった。

『で、どうした貴族さん』

「今、ボスと戦ってるんですけど」

伝声管の向こうから痛恨の声が響き渡った。

全員で踏破を競うなか、誰かがその最終関門にたどり着いていると聞けばそうなるだろう。リゼルがちらりと隣を見れば、イレヴンは止まぬ慟哭《どうこく》が愉快で仕方ないとばかりにニヤニヤ笑っている。ため息交じりの大声が落ち着くのを見計らい、リゼルは説明を続けた。

「そのボスが、イカと船のミックスで」

『そんなサルスネコとアスタルニアネコのミックスでみたいに言われても』

『どんなだよ』

『イカ素材の船？　船素材のイカ？』

「どちらかと言えば後者でしょうか」

『どちらかと言わねぇで良いぞ』

のんびりとボスを眺めながら回答するリゼルに、すかさずフォローが入る。

その隣ではイレヴンが外れていく五投目の氷塊を見送りつつも笑いを耐えていた。

「大型帆船数隻と正面衝突した巨大イカが、帆船とぐちゃぐちゃに混ざり合いながら生きてるような見た目です」

『グロ……』

『でかくね？』

『帆船とか見たことねぇ』

「そう、見上げるほど大きくて。しかも俺たちがいるのは船の上、大海原をホームにする相手は付かず離れずの距離から攻撃してきます」

『あー、リーチ足りねぇって話か』

『海ぃ？　バグりすぎだろ。俺ムリだわ』

『つっても向こうは攻撃して来んだろ。そこ一刀が斬れねぇのか』

「最初は斬ったんですけど、倍になって再生されたので。ジル、嫌そうな顔してましたよ」

『だろうよ』

『再生だ？』

『あ？　何？』

冒険者たちの一部が訝しげに騒めいた。

気にかかる部分があっただろうか。リゼルたちは三人とも、触手が再生される点には特に違和感を抱かなかった。もしや攻略の糸口が摑めるだろうかと、何かが引っかかったらしい数人の冒険者の言葉を待つ。

寄越されたのは、驚愕の事実だった。

『穏やかさんそれタコじゃねぇの？』

「え？」

『斬ったとこ再生してんだろ？　イカでいねぇとは言いきれねぇけど、普通タコだぞ』

「白いのにですか？」

『白いタコいんぞ』

リゼルとイレヴンは顔を見合わせた。

すぐさまイレヴンが見張り台から身を乗り出し、眼下へと叫ぶ。

「ニィサンそれタコかもー！」

「は？……だったら何だよ」

「何でもねぇけど」

ただ教えたかっただけのようだ。

気持ちは分かるとリゼルもまた、感心しながら白い触腕を振るう巨体を眺める。なかなかに衝撃の事実だった。いや、魔物を相手にイカだのタコだの定義づけるほうがおかしいのだが。

ジルも驚いたは驚いたらしく、日差しを遮るように目元を覆いながらボスを眺めている。

とはいえ、イカっぽい魔物がタコっぽい魔物に変わったところで何かが変わる訳でもない。

「あ、リーダー来る」

「分かりました」

『は？　何？　攻撃？』

「ひと抱えもある氷塊を投擲《とうてき》されるんです。後は、空いた足で薙ぎ払いや叩きつけですね」

『えげつねぇー……』

『一刀離れてんのか？』

「ジルは暇つぶしに槍を投げてます」

『は？』

リゼルの張った魔力防壁を二枚、氷塊が破壊した。

ガラスが砕けたような音に、伝声管の向こうから安否確認が飛ぶ。そもそも本来ならば、ボスとの戦いの最中に伝声管を使う余裕などない。待っててやるから引く時は引け、という声が上がるのも当然であった。

イレヴンに言わせてみれば、随分と親切なことでのひと言。恐らく、これまでにリゼルが伝声管からのヘルプに対して恩を売ってきた影響も大きいのだろう。情けは人の為ならず、だ。

「（リーダーただ面白がってただけだけど）」

恩返しを期待した訳ではないだろう。だが、全く狙っていなかったかは分からない。

手遊びに双剣の片割れを回しながら、イレヴンは隣で伝声管と話しているリゼルを見た。

「――――という感じで、今までは凌《しの》いでたんですけど」

『バリスタ効かねぇのがおかしいんだ。攻撃させる気なさすぎんだよ』

『つっても負け確な訳じゃねぇんだろ。今までに踏破した奴いんだし』

『近接に持ち込んでも厳しすぎじゃねぇか。一刀しか無理だろ』

『バグりすぎ』

ジルがバグに含まれたような気がしたがリゼルは流した。

だがイレヴンが大笑いしながらジルへと伝える。その声が聞こえたのだろう、伝声管から焦ったようにイレヴンを止める声が幾つも上がった。

そんなことでジルは怒らないのに、とリゼルも笑いながら話を先へと進める。

「ひとまずは、あの投擲を止められないかなと。接近の隙を潰されるのは厳しいので」

『そりゃそうだ』

『魔力切れ狙えねぇの？　助教授さんならそこらへん見て分かんねぇ？』

「魔力量が桁違いですし、あまり望めませんね。ただ氷塊は水面下の足のつけ根、その辺りから取り出してるみたいです。海中に沈んでいる部分なので、はっきりとは見えないんですけど」

『そこってチンッぐぇ』

『おぁぁあああーーーーーーーー!!』

『馬鹿お前誰が聞いてると思ってんだ止めろそういうの!!』

何やら声が途絶えたな、と思った瞬間に幾重にも響く叫び声。

だがリゼルがそれに驚く間もなく、瞬時に動いたイレヴンによって伝声管の蓋を閉じられてしまった。どうしたのかと目を瞬かせるリゼルに、彼はニコリと笑う。

いかにも説明する気はないと言いたげなイレヴンは、音の途切れた伝声管を指先でノックし、そして数秒後に何事もなかったかのように蓋を開いた。

「イレヴン?」

「ん?」

「いえ」

リゼルとて隠されずとも、とある冒険者が何を言いかけたのかは予想がつく。

確かに、不特定多数が聞く場でするような発言ではないだろう。それを止めた冒険者の必死な様子に、意外と言っては何だがモラルのある冒険者が多いなと感心してしまう。男冒険者が圧倒的に多いとはいえ、女冒険者だって聞いているかもしれないのだ。それを思えば当然か。

そう結論づけたリゼルと同じく、かはリゼルには分からなかったが、再び声の届くようになった伝声管からは先の話題などなかったかのような会話が続けられていた。

『体んなかで氷作って口から出してんのか』

『あー……いや違ぇだろ。魔力だけ口から出してんだ、トンビに引っかかる』

『ププーッ、海ん中に鳥いねぇってのバーカ！』

『イカの歯のことトンビっつうんだ覚えとけド素人』

『すまん……』

『それ知ってんのアスタルニア民ぐらいだろ……怖ぇんだよあそこの冒険者……』

トンビだの何だのはリゼルも知らなかった。勉強になるな、と一人頷く。

こういった会話を聞いていると、意外なところに冒険者の相性の良し悪しがあるのを知れる。さまざまな国を練り歩く冒険者、出身国などもはやあってないようなものだが、やはり己の育った出身国の影響は強く受けているようだ。

どうやら、アスタルニア出身者とサルス出身者があまり合わない。というよりアスタルニア出身者は何も気にしていないが、サルス出身者がややノリが合わないと遠巻きにしがちだ。パルテダール出身者は得意も苦手もないが、マイペースも崩さないので我関せずの立場を取りやすい。

とはいえ、それらも個人の性質の範疇《はんちゅう》を出ない。

更には実力主義の冒険者なので、相手の実力が分かればそのあたりの区別などすぐに消える。特に気にかける必要はないだろう。

「どちらにせよ、潜って攻撃する訳にもいかないですしね」

『そりゃあそうだ、一刀だろうが魚の餌になっちまう』

『待て、あの一刀だぞ……』

『ジルさん強《つえ》ぇんだぞ!!』

幾らジルでも、あのボス相手に水中戦など挑まない。リゼルは可笑しそうにそう告げようとしたが、信頼に満ち満ちたアインの声が聞こえてきたので止めておいた。

それにしてもアインたちはいつの間に伝声管コミュニティに参戦したのだろうか。息を切らしたような大声からは、何がどうしてそうなったのか必死に滑り込んできたのだろうことが伝わってくる。

『潜れねぇんなら近づきようがねぇだろ』

『獣人《じゅうじん》いんだろ。そいつ錨《いかり》に縛って一刀にでも投げさせとけ』

「だそうですよ、イレヴン」

「くたばれっつっといて」

「できるできない以前にやりたくないそうです」

リゼルの翻訳はおおむね正確だ。

だが何とか飛びつけないかという案は、一応リゼルたちも出していた。飛びつくだけならば方法がないでもないが、帰ってこられなくなる可能性があって全て却下している。飛びついた途端に潜られて強制水中戦、とでもなれば目も当てられない。

「もし飛びつけるなら、大破した船に宝箱を捜《さが》しに行くんですけど」

『イカもどきと同化してぐっちゃぐちゃの船に⁉』

『まぁ、ねぇって言いきれねぇのが迷宮ではあるが』

『試すだけなら自由だろ。一刀すっげぇジャンプして行ったり来たりできねぇの？』

『あいつ城壁とか普通に飛び乗れそうだよな』

伝声管の向こうから無数の笑い声が上がる。

実のところ、城壁からの飛び降りについては可能であることが実証されていた。とはいえ流石に一足飛びで城壁上へ、というのは無理だろう。

そのはずだ、と思いつつリゼルは一応聞いてみた。

「ジル、もしあそこに宝箱があったら跳んで取りに行けますか？」

「……」

足元では、木材を締め上げながら触手がマストを這い上がっている。

それに気づきながらも意に介することなく、突拍子のない問いかけをするリゼルにジルは盛大に眉間の皺を深めた。その手はすでに大剣を振り終えている。半ばまで断ち切られた白い触手が、身もだえるように暴れながらマストから離れていった。

そんなジルの顔を見て、リゼルは一つ頷くと伝声管に向き直る。

「嫌そうな顔をされました」

『すまん』

「なので宝箱は諦めて、討伐に集中しようと思います」

『最初っからしてろよ頼むから』

『つってもイカとかタコの弱点つきゃ良いんじゃねぇの？』

『そんで通用すんならトレントなんて火ィつけて待ってるだけで済むんだわ』

『ファイヤーエレメントに水かけてキレられることもねぇんだわ』

『宝石トカゲの尻尾から第二の宝石トカゲが生まれることもねぇんだわ』

何やら興味深い生態が聞こえてきた。掘り下げたい気持ちを抑えつつリゼルも思案する。

氷塊を生み出す口腔《こうくう》、そこを狙えないのなら両触腕はどうだろうか。何かしら拘束できれば投擲を止められるかもしれない。しかし斬っては再生されてしまう。試したのは触腕ではなく足なので、そちらでは違う結果が出るかもしれないが。

とはいえ試すにはリスクが高い。触腕が四本になっては投擲の隙がますますなくなってしまう。

「斬る、以外の方法で腕を潰すとか」

『鉄板は火か。ゲソもクルクル丸まってんだろ』

『リゼルさん燃やせねぇの？　魔法でバーンッて』

「一応試してはみたんですけど、粘液に覆われてるのか効きが悪くて」

『あー、じゃあ難しいか。潜られちゃ終いだしな』

『とっかかりなさすぎねぇ？　船ごと突っ込むとか……は、舵利かねぇんだっけ』

『バリスタ以外に武器ねぇと割に合わねぇだろ』

『貴族さん他になんかねぇの？　仕掛けっぽいのとか』

「仕掛け……」

ふと、リゼルは一つの伝言を思い出す。

ただ一室のみ存在する本棚のある部屋。その中央、海図の下に隠された小部屋。

そこに鎮座する悪名高き大海賊、絢爛豪華な金銀財宝と海賊帽の似合う船長が残した伝言は、いまだ何にも用いられずにリゼルの記憶の中にある。

それを、何処で使うのか。

恐らくここだろう、という予想は既についている。だが――。

「一応、あるにはあるんですけど」

『おおっ！』

「そのヒント、敵対したうえ思いきり煽った相手から手に入れたので」

『おお……』

『助教授さんもそういうことすんのか……』

罠である確率も無きにしも非ず。

ここぞという場面で恨みつらみが炸裂する、その可能性も決して低くはなかった。強敵を前に試すには相当ギャンブルだろうと、リゼルは既にジルとイレヴンに判断を仰《あお》いだうえで先送りにしている。他に手がなければ試してみようと、一応そういった結論にはなっているのだが。

『リゼルさんなら大丈夫っすよ！　運良いし！』

「声でけぇんだよ雑ァ魚」

元気な声に、つまらなそうな声で間髪入れずイレヴンが返す。

すかさずアインも噛みついた。売られた喧嘩は脊髄《せきずい》反射で買うのが冒険者の常だ。

『引っ込んでろ獣人野郎ッ』

『俺も獣人だぞ』

『獣人差別反対』

『違ぇって分かってんだろ！』

不特定多数が聞いていたお陰でアインは大混乱だった。

とはいえ揶揄われているだけなのは承知の上。他の冒険者を、名でなく特徴で呼ぶ者は多いので獣人は皆慣れている。いちいち自己紹介などしなければ、ギルドを出入りする冒険者の入れ替わりも激しいからだ。

その呼び名は使っている得物であったり、特徴のある装備であったりと様々。

例としては【赤いフルアーマー】や【すばしっこい犬】、【ツノ兜《かぶと》】といったものや【超ロン毛】など。基本的に褒めているのか貶《けな》しているのかよく分からないものばかりだ。

大体の冒険者は、誰に何と呼ばれようが分かりやすければ良いと気にしない。ギルド職員にもそう覚えられ始めたあたりから少し気にし始める。

「俺、運良いですか？」

「リーダーは運良いっつうか、準備欠かさねぇからそうなるって感じ」

「純粋な運の良さだとイレヴンですよね。カードゲームでも引きが良いし」

アインの根拠のない後押しは、それでも力強く背を押してくる。

さてどうしようか、とリゼルはイレヴンへと目配《めくば》せを送った。そもそも、リスクは望むところのイレヴン。愉しそうに眼を細める姿に、勝ち目のない賭けではないのだろうと小さく頷く。

『つっても他に手がねぇならやるしかねぇだろ』

『そりゃそうだ』

『行け行け、屍《しかばね》は拾ってやれねぇけどな』

『無理なら逃げりゃいいんだよ』

世論も傾いてきたな、とリゼルは微笑んだ。

そういう方向に行くだろうと予想はしていたのだ。目の前に勝ちの目をぶらさげられて食いつかない冒険者はいない。そもそも普段の魔物との戦闘でさえ勝利が保証されている訳ではないのだ。それを思えば、当たりか外れか五分五分という状況はもはや賭けとも呼べない。迷宮関係のアレコレは考えるだけ無駄だからとりあえず突っ込め、という冒険者の本能とも言う。

『迷宮は階層跨《また》ぎゃ逃げられっから楽でいいよなぁ……』

『外の依頼で延々追いかけられた時の〝いつまで走りゃいいんだよ〟感すげぇよな』

『最終的にどっかの村逃げ込んでキレられるまでがワンセット』

『この前それやって門番にキレられた』

『実戦を経験させてやってんだから感謝してほしい』

「じゃあ頑張ってきますね」

『は？』

雑談に流れつつある会話を邪魔しないよう、リゼルはひと言だけ声をかけた。

呆気にとられたような声が重なる伝声管から身を引き、見張り台の柵に手を置いてジルの姿を捜す。先程までは氷塊を金属槍で撃ち落としていたのだが、今は見慣れぬ剣を手に襲いくる触手へと斬りかかっていた。

バリスタの槍置き場には残り二本、決定打のない現状で使いきるのを避けたようだ。

「ジル」

声をかければ、ジルの視線がこちらを向いた。

視線を外しながらも触手を返り討ちにする手は止まらない。手にしている剣は火属性が発現したものらしく、水が蒸発する音と共に見張り台の上まで香ばしい香りが漂ってきた。

リゼルの隣に立っていたイレヴンの腹がゴゴゴと鳴る。

「まずそうなのに……」

「匂いは美味しそうですよね」

本人的には腹が鳴ったのは不本意のようだ。

リゼルは同意するように返し、ジルへと向けて舵を指さしてみせる。

「そろそろ試してみましょうか」

声が強い潮風に攫《さら》われそうになる。だが、なんとか届いたのだろう。

ひらりと片手を挙げられた。斬られた触手が先端を捩《よ》じらせながら海へと消えていく。

「他の冒険者への連絡はイレヴンに任せますね」

「明らかにリーダーのが適任じゃん」

「舵は俺しか動かせませんし」

「そうだけどさァー……まぁニィサンいるしいっか」

一人で納得しながら柵に肘を置くイレヴンに、リゼルは大丈夫だと微笑んでみせる。

この船の船長と実際に論戦を演じたのがリゼルだからだろうか。残された暗号の権利はリゼルだけが持っているらしく、舵はジルやイレヴンが左右どちらに回そうとしてもピクリとも動かなかった。代わりに、リゼルが触れれば操られるままにゆらゆらと揺れる。

それこそが、暗号の使いどころを示す最大のヒントになった。

「右に三、左に全力」

間違いなく、そう舵を切れということだ。


イレヴンはマストの梯子を下りるリゼルを横目に、伝声管を一度だけ指で弾く。

『うるせっ』

『なんの音だ？　つか貴族さんどうした』

「リーダーに代わりまして俺が戦況を報告しまァす」

『獣人か？』

皮肉げな笑みを浮かべながら、戯れるように告げるイレヴンに伝声管が騒めく。

ご丁寧に戦況報告があるのかという笑い声。引っ込めという野次。リゼルの安否を問う声。今も攻略に精を出している冒険者の愚痴。リゼルが話している時もさまざま入り交じっていたが、それでも先程までは確かに存在した秩序が途端に崩壊していた。

ようやく冒険者らしい会話になったとも言えるだろう。イレヴンにしてみれば望むところだ。

「リーダーは今梯子下りてる」

『気ぃつけろって言っといてくれ』

「ウケる。で、ニィサンが迎えに来てー……げ、火で斬ったゲソ治りかけてんだけど」

『火？』

『属性武器か』

『一刀いつもの得物以外も持ってんのかよ』

『贅沢なやつ』

イレヴンの視線の先で、海の中から一本の触手が持ち上がる。ジルが斬りつけた足だ。

粘液に阻まれ、更にはジル自身の剣速もあって流石に綺麗な焼き色は見られないが、ある程度の熱が通ったはずの切り口は微かな煙を上げつつも消えかけていた。

切断面が繊維《せんい》で結びつき、互いを縫い合わせるように塞がっていく。増えないだけ上出来か。

「あー、でも遅《おせ》ぇわ、治んの」

『そんでも回復まで距離とられたら意味ねぇな』

『一気に全身燃やすぐらいしねぇと駄目なんじゃねぇのか』

『俺らが行けりゃあ全員でたいまつ持って囲んでやんだが』

『山分けの報酬しょっぱくなりそう』

『つか今も協力っちゃ協力してんじゃねぇか』

「そこらへんはリーダーがなんか考えてるっぽい」

伝声管から無数の歓声が轟《とどろ》いた。

元々、冒険者たちも見返り目当てで助言していた訳ではない。休憩ついでの暇つぶしであったり、リゼルたちがボス戦だと聞いて自力での最速踏破を諦めた野次馬であったり、船内を迷いに迷った末に進めも引けもできなくなってリゼルたちの踏破に全てを懸けていたりする者たちだ。

全く下心がないというと嘘になるが、それも冗談として口にできる程度。そこに予想外の見返りが来たとなれば、歓声の一つや二つ上がるだろう。いかにも礼を惜しみそうにないリゼルが相手ならば猶更だ。

「お、リーダーがニィサンと合流した」

『今まで梯子下りてたのかよ』

『遅ぇなぁ』

「は？」

『キレんな、馬鹿にしちゃねぇよ』

『リゼルさんは慎重なんだよ！』

『俺らも一緒に迷宮潜ったことあっけど言うほど遅くねぇぞ！』

『そんでさっきから誰なんだよお前らはよ』

途端にうるさくなった伝声管から数歩離れ、イレヴンは甲板を見下ろした。

ちょうど梯子を下りたばかりのリゼルが、ジルと何やら相談している。その間にもボスの触腕が獲物に食らいつこうと蛇《へび》のように迫るも、リゼルの魔力防壁が弾く……前にジルが剣で切り捨てた。

「カトラス……じゃねぇか、シャムシール？」

湾曲した刀身は仄かに赤く色づき、斬撃の瞬間にその色を強める。

ボス相手に刃が通り、その身を焼くほどの高温を宿すなど考えるまでもなく逸品だ。属性持ちの武器は基本的に迷宮品なのだが、ジルのものはよほど深層から出たのだと疑いようもない。

イレヴンは見張り台から身を乗り出して真下へと手を振った。気づいたリゼルがこちらを見上げ、ひらひらと手を振ってくれる。同じく顔を上向けたジルは呆れていたが。

「剣見てぇー」

追い払うように手を払われる。後で、嫌だ、どちらだろうか。

その隣にいるリゼルが苦笑しているのを見る限り、恐らく後者であるのだろう。ケチ臭い。

『おーい、そっちどうなってる』

「ニィサンに蔑《ないがし》ろにされてる」

『貴族さんが⁉』

「俺が」

『お前かよ、じゃあいいわ』

「良くねぇよ」

戯れながら伝声管の隣に戻り、背後の柵へと凭れかかった。

リゼルとジルは早足で舵に向かっている。心なしかボスの猛攻が激しさを増していた。余程そこに向かわせたくないのか、偶然か。これが偶然でないのなら、あの豪気な船長はそれほど自身らを恨んではいないのだろう。

「つかリーダーいねぇと防げね……ッうっわ」

言うや否や、イレヴンへと氷塊が飛んできた。

しゃがんで凌ぐ。見張り台を囲む柵に氷塊がぶつかった。迷宮の不壊の恩恵を存分に受けているお陰で、極々《ごくごく》ありきたりな強度にしか見えない木製の柵は少しも歪まない。正面から激突した氷塊のみがけたたましい音を立て、砕けて落ちていく。

『おいすっげぇ音したぞ』

「氷塊こっちに飛んできて柵にぶち当たった」

『ああ、壊れねぇから壁になんのか』

『でもさっきまでそんな音してなかったけど』

「あ、だからか。てめぇらビビるからリーダー壁張ってたっぽい」

『き、気遣い……！』

会話をするのに煩《うるさ》かろう、という理由でリゼルは逐一防壁を張っていたようだ。

ボスの攻撃を受け止めるような防壁はそれなりに魔力を使う。だが助言を受けると決めた時点で必要なコストだと割りきったのだろう。会談の場を整えたがる、というより整えるのを当然だと思っている。らしいと言えば、らしいのかもしれない。

「リーダー舵に到着」

『お、ようやくか』

「でもちょい悩み顔。頭気にしてるからァー……船長から海賊帽借りてくりゃ良かったって言ってんのかも」

『そりゃ必要』

『海賊船で舵握ろうってんなら必要』

『必要でしかない』

冒険者はロマンを追い求める。

だが測量室の地下にいた段階では、まさか暗号をここで使うとは思ってもみなかった。分かっていればリゼルも借りただろう。失敗したなと残念そうなリゼルだが、これればかりは諦めるしかない。

「あ、ニィサンが兜かぶせてやってる。ツノついたやつ」

『兜？』

『一刀バグった？』

『あー、ヴァイキングか。確かにそっちも船のイメージあんな』

帆船とヴァイキングという組み合わせに違和感はあるも、海と船っぽい雰囲気は出た。

ただし果てしなく兜が似合わないせいでリゼルは浮いている。むしろ兜なしのほうが船団を護衛につけた貴族っぽさがあって馴染んでいた。ジルも自分で差し出しておきながら「これはどうなんだ」という顔をしている。若干面白がっているような気もするが。

とはいえあちらの世界でできなかったことを全力で楽しみたいのがリゼルだ。

帆船を手配して諸国漫遊、もとい外遊外交など取り立てて珍しいものではないだろう。海賊やヴァイキングのロールプレイのほうがよっぽど興味深いのだと思う。

「でもリーダー残念似合わない！」

『やっぱか……ッ』

『そりゃそうだ……ッ』

それはそれとして爆笑はするが。

「はいリーダー意気揚々と舵を回すー」

『つかヒントってなんだったんだ』

「右になんとか左になんとか、とかそんなメモ。あ、なんとかは数字」

『ああ、回せってことね。それどこで手に入んの？』

「リーダーが船長脅した」

『貴族さん、脅迫までできるようになったんだな……』

『穏やかさんにそういうのしてほしくないっていう気持ちともっとやれって気持ちが半々』

『助教授さんそういう人なのか意外すぎる……』

イレヴンはへらへらと軽薄に笑いながら、慎重に舵を回しているリゼルを見守った。

本当は大胆に回したいのだろうが、回す回数を間違えたらどうなるのか分からない。何もないかもしれないし、直下で空いた落とし穴に落とされる可能性もある。迷宮だから仕方ない。

「お」

回し終えたのかリゼルが舵から手を放す。次いで、ジルが思いきり舵を殴りつけた。

するとと触れていない舵が独りでに回り始める。何かが聞こえた気がして、イレヴンは身を乗り出しながら耳を澄ました。波の音とはまるで違う、人工的な金属音。それはどうやら、舵の真下から聞こえてきていた。

歯車が噛み合うような音、ロープが軋む音、いかにも何らかの仕掛けが稼働している音だ。ジルが訝しげな顔で一歩後ろに下がり、リゼルがさりげなくその後ろに隠れているのが見える。

「おー」

直後に舵の足元、甲板と地続きにあった扉が勢いよく開いた。

最初の探索の時にも見つけていたが、開かなかったのでただの飾りだと思っていた扉だ。

「下の扉開いたー！」

リゼルたちからは見えないだろうと、イレヴンは指さしながら大声で伝える。

お礼に、と手を振ろうとしたのだろう。持ち上げかけたリゼルの片腕はジルに掴まれ、階下へと二人で飛び降りる。一瞬後、日の光を遮るほどに持ち上げられた触腕が、先程までリゼルたちのいた場所を抉《えぐ》り取った。

船が大きく揺れるほどの衝撃があった。

ゆっくりと持ち上げられた触腕から、砕けた舵の破片が落ちていく。不壊の法則に反する光景に、ひくりとイレヴンの口元が引き攣った。

「舵壊れた」

『駄目じゃねぇか！』

「仕掛けは解放済みだから多分だいじょぶはだいじょぶ。つうか船壊れんの？」

『でも見張り台は何ぶち当たろうが壊れねぇんだろ』

『舵は用なしになったから壊れたってだけだろうなぁ』

「あー、そゆこと」

船が沈められることがあれば即行撤退するが、迷宮のこだわりならば納得だ。

その間にも、リゼルとジルは新たに開いた扉の中を覗き込んでいる。何があったのだろう。あの船長のことなので、一撃必殺の兵器でも置いてあるのかもしれない。

ただの金銀財宝かもしれないが。嬉しいは嬉しいがボス戦の最中に貰っても困る。

「何あったー？」

「樽《たる》がたくさんありました。中は……」

部屋から顔を出して返事をくれたリゼルが、部屋の中へとひと言ふた言声をかける。

中身はジルが確認しているのだろう。樽を素手でこじ開けられる人間代表だ。

そして確認を終えたらしいリゼルが、嬉しそうに破顔《はがん》しながらイレヴンへと声を張った。

「油です」

成程なと、イレヴンは握った拳を数度上下してみせる。

了解兼、勝利を確信して喜びを分かち合うためだ。今度こそ手を振ってそれに応えたリゼルが、
ふと思い出したかのように再びジルと話したかと思えば、いそいそとイレヴンへと情報を共有して

くれた。

「何の油かは分からないそうです」

そのあたりの詳細は特に求めていなかった。

『おい、何があったって？』

「油だと。すっげぇ大量にあるっぽい」

『おっ、ならそれを』

「ちなみに油の正体は謎」

『正体が分かったところで何なんだよ』

だよなァ、とイレヴンはボスへと視線をやりながら頷いた。

ボスは白い巨体の動きを止め、触手だけを水面で波打たせている。何かを察して様子を見ているのだろうか。雲一つない青空でありながら嵐の前の静けさにも似た、腹の底が落ち着かないような空気に満ちている。

一瞬、強く吹いた海風にイレヴンの髪が大きく揺れた。

「(あ、見てる)」

ふいに視線を落とせば、こちらを見上げるリゼルの姿があった。

この赤色がお気に入りだと惜しみなく伝えてくれる相手は、眩しさに微かに目を細めながらも青空を背景に泳ぐ赤を見つめている。その視線が酷く柔らかなものだから、イレヴンも緩んだ頬を隠しもせず、存分に、という意味を込めて首元のファーを揺らしてみせた。

リゼルは可笑しげに破顔した。そして名残惜しむように頬に落ちた髪を耳にかけ、小さく首を傾げると、さてとばかりに軽々と樽を運び出すジルの手伝いへと向かっていく。

「油ぶっかけて燃やすっつってもあの樽どうすんだろ。ニィサン投げんの?」

『一刀でもなぁ、限界まで油詰まった樽は重《おめ》ぇぞ』

『港の荷運びの依頼で似たようなもん運んだけど投げんのは無理だろ』

「重さはかなりあんのかも。リーダーも持ち上げようとしてその場で揺らしてるし」

『揺らしてるって言ってやんなよ可哀想だろ』

『横にして転がせって教えてやれよ』

『樽は転がすためにあの形してんだよ教えてやれ』

「ニィサンが普通に抱えて運ぶから……リーダー横にして転がせってー」

助言に気づいたリゼルが、左右にゴトゴトしていた樽を傾けていく。

中身が液体というお陰もあって、さほど派手に倒さずに済んでいた。そのままゆっくりとジルのところまで転がしていくリゼルの顔は心なしか得意げだ。当のジルには何とも言えない目で見られているが。

「お、バリスタ使うっぽい」

『おお、それならぶっ飛ばせるな』

『引けんのか樽なんて』

「そこはニィサンがなんとかするからイケる」

『一刀しかなんとかできねぇなら俺らがボス行った時にゃどうすりゃ良いんだよ』

「来れてねぇのに考えて意味あんの？」

『くたばれ！』

さて、とイレヴンは手にしたままの剣を器用に回した。

握っているのは双剣の片側のみ。ただ警戒しているだけの段階から二本揃って抜くことは滅多にない。戦闘になろうが、余裕ならば一本で十分だ。理由は単純、一本で済めば手入れの手間が減る。

とはいえボス相手に出し惜しみはしない。そろそろ状況も動くだろうと一対の双剣を揃えて握る。

視線の先ではリゼルが何やら巨大バリスタの構造を弄り、ジルが樽を設置し、滑車を回してロープを巻き上げるように弓を引き絞っていた。

「(あ？　さっきまであんなんできなかった……あー、部屋ん中にあったのか)」

リゼルが見当たらないと言っていた金具は、どうやら隠し部屋にあったようだ。

つまり三人はフライングでバリスタを使った。そして今、再び想定されていなかっただろう方法で樽を投擲しようとしている。

できることを片っ端から試す冒険者らしい、と言ってしまえばそれまでだが。

「(なんかなァ)」

本来ならば、まるで手の尽くしようがない魔物だ。

それを思えばバリスタのような討伐補助があっても不思議ではないが、こうまでして倒し方を限定されているボスも珍しい。イレヴンに言わせれば、お行儀よくお手本をなぞるような戦闘など反吐が出る。いつもならそう言っただろうが。

「変な迷宮」

そもそも迷宮自体があまりにも例外的すぎるのだ。

前触れなく数多の国で同時出現、同時消滅、更には船長らしき存在と意思疎通も可能。

極めつけは迷宮内で他冒険者とコンタクトがとれる。迷宮に慣れた冒険者からしてみれば、どれもこれもがあり得ないことばかりだ。

異例に異例のオンパレード。全てが想像の範疇を超える。何でもありにもほどがある。

――だからこそ、逆に迷宮らしいんじゃないかと臆さず挑みにかかる冒険者たちを思うに。

「迷宮的な祭りなのかも」

『あ？　なんだって？』

「なんも。樽装填、リーダーをスポッターにしてニィサンがショット……お、命中」

『穏やかさんがスポ？　ああ、いつも魔法飛ばすからか』

『魔法使いが全員そんな計算しながら火だの何だの飛ばしてるワケねぇだろバーーカ！』

『脳みその出来なんざてめぇらと変わんねぇよ脳筋野郎！』

『それ自分も脳筋っつってるけど良いのか』

『良いよ!!』

何やら伝声管の向こう側が荒れている。

「あー、ボスすっげぇキレてる」

『そりゃしゃあない』

『俺だって油ぶっかけられたらキレる』

「すぐ次弾装填、からの樽ぶっ飛ばし。ははっ、ぬるっぬるのボス気持ち悪ぃー」

巨大な魔物は体を覆う油を嫌がるように、触腕でぬぐっては海に叩きつける。

その衝撃に無数の水柱が上がる。黄みを帯びた油交じりの水滴が、太陽光を強く反射していた。

それは容赦なく船体にも降り注ぐ。油臭くなりたくない。そして油臭いリゼルというのも想像したくない。だが防ぎようがない。数秒後の惨状を悟ったイレヴンの目が若干死んだ。

「あ」

だが、そうなる前にイレヴンの周囲を魔力の壁が覆った。

見れば、咄嗟に被せられたのだろうジルの上着の下からリゼルがこちらを覗いている。防壁は二人の周りにも展開されており、バリスタと樽も無事のようだった。脂ぎったものに触りたくなかったのだろう。

「さっすが気が利く」

『何が?』

『リゼルさんだろ！　俺らん時もここぞって時に――』

「うっせぇ雑魚」

イレヴンは伝声管の蓋を閉じた。

彼はいまだにリゼルがアインたちと迷宮に潜ったことを納得していない。実は他にも、それこそ最初に顔を合わせた時から気に入らない理由があるのだが、それは一生口に出す気はなかった。

魔力防壁に守られること数十秒。静かになったか、という頃を見計らって蓋を開く。

「で、海も油塗《まみ》れんなって樽終了」

『いきなり消えんなよ』

『どうなった？　火ぃ着けたか？　貴族さんなら一発だろ？』

「今まさにリーダーがボスの頭んとこに構えてぇー……はいドーン！　熱ッッッつ‼」

火の海になった。

「ニィサンさっさとリーダー連れてきて早く！」

幸いなことに船は燃えないが、甲板にいれば火の壁に囲まれるようなもの。

幾ら身につけているのが特上の装備品とはいえ押し寄せる熱波には敵わない。もし叶うのならばよ火山の迷宮でジルの機嫌は急降下しない。これは退避しなければ、と早々にリゼルを引っ摑んだジルが見張り台へと向かってくる。

先に上れと押しやられたリゼルを慌てて引き上げた。

「下が海面だし、燃えてもボスだけだと思ったんですけど」

「思ったよか派手だったんだ？」

「派手でした」

「暑《あち》ぃ」

「少しの我慢ですよ」

不満を口にするジルに苦笑するリゼルの隣へとイレヴンは並んだ。

海面から巻き起こる風に前髪が大きく持ち上がる。三人の視線の先には、大海原の真ん中で炎に巻かれるボスの姿。炎はその身と融合した帆船を中心に勢いを増している。のたうち回る幾本もの触手が、船に何度もぶつかっては船体を大きく揺らした。

見張り台の上はよく揺れるな、と思いながらなんとなしに足元を見た時だ。

「あっ、あー、燃えるゲソが這い上がってくる、あー！」

燃え盛る触手が足元からじわじわと近づいてきていた。

「マストは巻きつきやすそうですしね」

「どうすんだよ」

見張り台の構造的に、真下から這い寄る触手に剣は届かない。

驚かせば引くだろうか、とジルが投擲用の大剣を取り出した。だが、それを投げる寸前。

「ジル」

リゼルの手がジルの腕を引く。下がれ、という意図を持ったそれ。

どれほど力を入れられようがジルの体幹は揺らがない。だがジルは下がった。身を乗り出していた体を引き、まっすぐに大海原のボスを見据えるリゼルの横顔を見つめる。イレヴンもまた、翳《かざ》された手の意図を察して控えたままでいた。

途端、ボスの動きが変わる。

露出した水晶体が薄っすらと光を宿していた。燃え上がる水面の中、巨体が縮こまり、一度だけ大きく震える。強大な魔物は炎に巻かれる二本の触腕を大きく持ち上げ、そして。

海が一面、凍りついた。

「うっわ、凍った」

「よっぽど熱かったんですね」

「これ船も止まってんな」

巨体を中心に氷の陸地ができている。分厚い氷に覆われるように炎は姿を消していた。

同時に、触腕以外の足が凍りついたボスも身動きがとれなくなっている。船も同様だ。

「道ができた、って考えても？」

「良いんじゃねぇの」

冷気を遮断していた魔力防壁を解くリゼルに、ジルの唇が好戦的に歪む。

船とボスとを繋ぐ氷の路。波に揺られても割れずにいるのならば随分と分厚いのだろう。

「イレヴン、行ってきますか？」

「あ、マジ？　行く行く」

「じゃあ代わりますね」

「リーダーは意地でもそれやりてぇのね」

ジルが大剣を手にマストを飛び降りる。イレヴンも続くように柵の上に乗り上がった。

イレヴンはマストに巻きついたまま凍りついた触手を見下ろし、躊躇なく海面の氷を踏んだジルを眺め、そして最後にリゼルを振り返りながらも飛び降りる。ようやく、思う存分戦える場が整った。

「イレヴンもジルと一緒に遊びに行ったので説明を代わりますね。海面を巻き込んで燃えたボスが、対抗してか魔力暴走を起こして周囲を凍てつかせて――」

『遊びに行った⁉』

語弊《ごへい》も生まれていた。


攻撃の手が二本に減り、更に地に足をつけて戦うことができればこちらのもの。

楽勝とは言わないものの、三人は無事にボスを倒すことに成功した。踏破報酬が見当たらなかったのは、踏破される度に消えては現れるという謎の特性からだろうか。

つくづくイベント感の強い迷宮だ。

「変な迷宮だったな」

「楽しかったですね。冒険者としての名誉が報酬でしょうか」

「俺それよかなんか欲しかった」

踏破を終えたリゼルたちは今、沈みゆく海賊船に立っていた。

湖を挟んだ対岸にはサルスの町並みが見える。迷宮を脱し、元の湖に浮かぶ海賊船へと戻ってきたのだ。海賊船を見物していたサルス民たちが、踏破を察して歓声を上げている。

そして眼前には大パニックの冒険者たちが多数。

そう、甲板には同じく迷宮に潜っていた冒険者がひしめき合っていた。踏破と同時に全員一斉退去させられたらしい。迷宮ごと消える訳にもいかないので、当然の流れではあるのだろうが。

「おい沈んでんぞどうすんだよ鎧沈む！　あ、助教授さんたちおめでとうな！」

「おう、サルスで踏破出たっつったらギルドの嬢ちゃんたち喜ぶぞ。おい小舟呼べ！」

「装備だけ布で包んで投げろ！　んで泳ぐ！」

「小舟急げ頼むから－！　俺泳げねぇー！　いや爺さん笑ってねぇで急げ！」

大混乱だ。

「そういえばここに来る前に防水布が売ってましたね」

「こうなんの知ってんならもっと気合入れて売りに来いよ」

「俺らどうする？　ニィサンに荷物投げてもらって泳ぐ？」

「ジルなら届くでしょうけど、勢い余ったら岸辺の家に被害が出ますよ」

「ないとは言えねぇな」

ジルもある程度の投擲はこなすも、精密さを求められては門外漢だ。

ジルがヒスイの弓を使ったとして、彼ほど使いこなせるかというと難しい。よって今回も、良い感じに放物線を描いて誰もいない場所に落とせるかは賭けになる。周りの冒険者は気にせずぽんぽん投げては、家屋の壁にぶつけていたり届かずに湖に落下させたりしているが。

なにせ行き交う小舟の数が圧倒的に足りない。更には今もずんずんと海賊船は沈んでいる。

「できるだけ空間魔法に入れて、軽装になって泳ぐしか……」

「ほら貴族さん小舟来たよ、乗って乗ってぇ」

「え？」

我先にと小舟に群がる冒険者たちを尻目に、リゼルたちは流れるように小舟に乗せられた。

成程、これが迷宮踏破者に向けられる冒険者なりの敬意。そう納得するリゼルの隣で、ジルたちはまぁ当然だろうと視線を逸らす。冒険者大水泳大会の中にリゼルが交じってちゃぽちゃぽしているほうが怖い。

「ほい、お代銀貨一枚」

「行きより高《たけ》ぇじゃねぇか」

「ぼったくりじゃん」

「はっはっ、稼いできたかぁ冒険者さんら」

サルス民も逞しい、と船代を支払ったリゼルたちはゆっくりと海賊船から離れた。

沈みゆく海賊船というのは不思議な魅力があるな、とリゼルはその全容を静かに眺める。その海賊船から雄たけびを上げて続々と飛び込んでいく冒険者らの姿は置いておくとして。

ちなみにリゼルたちの足元には、せめて装備だけでもと頼まれて載せた荷物に溢れていた。

「あ」

それは幾つもの小舟が海賊船から離れ、船上に冒険者の姿が一つもなくなった時だった。

湖底に沈みかけていた船がぴたりと止まる。傾いた船首で天を仰いでいた美しい人から、雪のような仄かな光が無数に浮かび上がった。サルスの街から感嘆の声が幾つも聞こえる。

光は船首から甲板へ、太いマストを駆けあがって帆を滑り、やがて船の全てを包む。見上げるほどに立派な海賊船。船尾から沈もうとしていたそれが、まるで湖の底から押し上げられるように元の様相を取り戻す。

起きた波がリゼルたちの乗る小舟の側面を押した。

「航海の再開ですね」

船は湖上の風を受けて水面を滑り、光に溶けるように消えていく。

「つっても湖だけど」

「消え方も派手だよな」

「あの船長らしいじゃないですか」

リゼルたちは、とある船長に思いを馳《は》せながらそれを見送った。


その日の夜のことだ。

三人揃って宿で夕食をとっていると、意気揚々と嬉しそうな老輩に話しかけられた。

「よう、海賊船行ったたって？」

「はい」

「爺さん行ったことある？」

「当然だろうが、何十年も前だけどな。それよか船長の奴は元気だったか？」

「骨だろ」

「覇気《はき》の溢れる立派な方でしたよ」

「そりゃあ良かった！　なんせなかなか話が通じる奴だろ。口で勝負っつうから、そんなもん冒険者としちゃあ飲み比べでもしてやるしかねぇ。大笑いでノッてきただけあって、まぁまぁイケる口だったじゃねぇか。なぁ！」

なぁと言われても、とリゼルは思った。

ジルとイレヴンは全てを察して、笑うべきか同情すべきか考えていた。

「酒で負けちゃあ海賊の汚点っつってな。いざとなりゃ手ぇ貸してやるっつって消えたかと思いや、ボスん時に手下引き連れて油樽ぶっ放してくれるじゃねぇか。ありゃあ盛り上がったろ」

盛り上がったろと言われても、とリゼルは思った。

ジルとイレヴンはそんなリゼルを見ながら、老輩の会話にどう返答すべきか考えていた。

「悪党の癖に義理堅《がて》ぇなんざ、面白ぇ奴だったよな」

「そうですね」

これぞまさしく完璧な笑み、そう思わせる微笑みを浮かべたリゼルが頷いた。

老輩はそれにニッと笑い、老婦人の呼び声に背を向けて去っていく。隠し部屋に気づいたことを疑いもせず、お前らが踏破したのだろうと当たり前のように、世間話のような流れで声をかけてきた筋肉質な背中が扉の向こうへと消えていった。

そうして三人だけになったムニエルの香《かぐわ》り香しい部屋で、リゼルがぽつりと零す。

「……そこそこ恨まれてましたね」

ジルとイレヴンはひとまず同情しておくことに決めた。

最終的にボスは倒せたのだから問題ない、そう形ばかりの慰めの言葉を口にしながら。

うたた寝をしていた魔物研究家は
酷く幸せな気持ちで目を覚ました

例えば、誰かの夢。

冒険者ならば誰しも、一騎当千である己を一度は夢に見る。

例えばボスを目の前にする。己の手には信頼する武器が握られている。振るえば強大な魔物の体から血が噴き出し、相手の攻撃を紙一重で避けては己の肌に一筋の血が流れ落ちる。地を駆ける足は一歩で相手に肉薄、空を裂く切っ先は強靭《きょうじん》な魔物を容易に斬りつける。現実ではまずあり得ない動き、武器性能、けれど夢はあらゆる常識を覆してそれらを可能にする。

一進一退の攻防。一対一の激闘。楽勝では意味がない。他の冒険者が束になっても敵わない魔物を前に、己だけは互角以上に戦える。その高揚感、まさしく他の追随を許さない。

これぞ、冒険者としての本懐《ほんかい》である。

迷宮〝雲の上の古城〟は、その名のとおりメルヘンチックな迷宮だった。

真っ白で大きな雲の上に、いかにも絵本の竜が似合いそうな城がある。ただし迷宮は城内から始まり、窓という窓は網目模様の石細工によって塞がれているので、外には出られないようになっている。

それでも尚、雲の上を歩いてみたいと外に出ようとするメルヘン冒険者は後を絶たない。

「そろそろボスでしょうか」

「ああ」

そんな迷宮に、リゼルとジルは訪れていた。

イレヴンは昨晩から不在なので二人での攻略だ。三人揃わずとも二人いれば、というのはリゼルたちの間では普通のこと。ジルだけは三人どころか二人どころか一人であっても平然と迷宮を嗜《たしな》むが。

今日はジルが途中まで進めていた迷宮に潜っていた。

流石のジルも、全ての迷宮踏破を一日以内に、という訳にはいかない。以前にあった〝湖中のバザール〟然り、そもそも広すぎたり複雑すぎる迷宮だと、どうしても踏破距離が伸びて時間がかかる。

この迷宮は後者であり、先へと進むための仕掛けがとにかく多い。あちらのオブジェを動かすとこちらの扉が開き、連動してそちらの扉が閉じてしまうので別のオブジェに向かいと、ジルも可能な限り頑張ってはいたが今日は早々にリゼルを連れてきた。

ジルも迷宮のアレコレはそれなりに楽しめるが、度が過ぎると途端に面倒臭さが勝る。というより、さっさとボスまで辿り着きたい欲が強くなる。楽を覚えた今となっては、特に。

「ここのボスの名前、知ってますか？」

「あ？」

「〝夢見心地の綿帽子〟っていうんですよ」

迷宮と合わせてメルヘンだ、とリゼルが可笑しそうに笑う。

ジルもまた、どんな魔物なのかと考えながらも好戦的な笑みを浮かべた。

ちなみにジルはこの迷宮に関して何の前情報もなく挑んでいる。よって自らが足を踏み入れた城が雲の上にあることも、今日リゼルに指摘されるまで気づかなかった。メルヘンの素養は微塵もない。

「どっかの本で読んだのか」

「はい、魔法学院で見つけたんです。昔の研究者が纏めたものらしいんですけど」

「訳分かんねぇもん纏めてねぇで魔法研究しろよ」

「もしかしたら、ギルドからそういった依頼があったのかもしれません」

「あー……」

その可能性もあるか、とジルは納得したように声を零す。

リゼルは度々学院に顔を出しているようだが、ジルはといえば最初の講習で同行したきり。つい先日、とんでもない案件で異形の支配者の元へと連れられたのが、プライベートでの初訪問だった。学院にいる研究者たちは皆、観察対象を見るような目でこちらを見る。

それはジルに限らず、誰に対してもそうなのだから他者は気づきようがない。唯一、研究者同士ならばその眼差しの意味を理解するだろうが、言及することはまずないだろう。互いにそれが当然であるからだ。

それが何とも気味が悪くて、ジルはあまり学院に近寄ろうとはしない。

「お前よく学院の奴らと付き合えんな」

「探求心に素直なだけで親切な方々ですよ」

半地下へ繋がる階段を下りながら、リゼルはあっさりと微笑んだ。

ジルはその笑みに含みがないことを悟り、呆れながらも視線を投げる。リゼルがあの視線に気づいていないはずがない。そのうえでリゼルは、特に気に留める点はないと平然と告げている。

値踏みされることに慣れている。価値を示せと強いられることに慣れている。興味本位で己を暴こうとする者にも慣れている。慣れているというより、当たり前すぎて留意すべきという発想すらないのだろう。

「あいつら魔道具見んのと同じ目でこっち見んだろ」

「ああ」

証拠にリゼルはジルが指摘して初めて、そのことか、とようやく思い当たったようだ。

「君はそういうのを嫌がりますよね」

「好きな奴がいんのかよ」

「いないこともないです」

「捨てろそんな人脈」

階段を下りきった先にある、装飾過多な扉の前で足を止める。

豪奢《ごうしゃ》な神殿にでもありそうな石造りの扉には、絵画をそのまま写し取ったかのような緻密《ちみつ》な彫刻が彫り込まれていた。雲の上に暮らす人々が幸せな日々を送っている、恐らくそのような内容だろう。

リゼルは目元を緩めてそれを鑑賞しているが、ジルには然して興味がない。

もはや無意識下で行っている周囲の警戒を、敢えて強めて暇を潰す。早くしろ、などという考えが微塵も浮かばない己に、実はパーティ行動が向いているのではという考えが一瞬だけ浮かんだ。

ただの戯れに過ぎないが。リゼル以外とパーティを組む予定がないが故の戯れだった。

「ジルがそういう視線に気づくのは、少し意外でした」

迷宮で美術鑑賞などという、奇特で穏やかな男の視線が悪戯っぽく寄越される。

「初っ端から実験に使われたからな」

「対魔物用の魔道具でしたね」

「人間相手だっつう配慮があったの一発目だけだったぞ」

「君があっさり斬り捨てるから」

「遠慮すんなっつったのお前だろうが」

「そのせいで研究者さんたちがあれだけヒートアップしたのは想定外でした」

常に先を見通す癖のついている男の想定の外にいけるのだから、研究者たちの情熱は常軌を逸しているのだろう。全く褒めてはいないが。呆れを通り越した僅かな関心を抱きながら、芸術鑑賞を終えて扉を開こうとするリゼルの掌を追い越して手を伸ばす。

触れた扉から、手袋越しに冷たい石の温度が伝わってきた。そのまま力を籠めれば、石同士が擦れる音と共にゆっくりと扉が開いていく。

「君がそんなに嫌がるなら、魔道具の的役は許可しませんでしたよ」

「俺だって二度と行く予定ねぇと思ったから乗ってやったんだよ」

分かっていると、そう鼻で笑いながらリゼルの言葉を流す。

流すことで手打ちにする。敢えてそうする必要もなく、結果としてこうなることは分かりきっていただろうに、それでもリゼルは改めて言葉にした。この穏やかで冒険者らしくない冒険者は、意外にも情報を除いた己の感情については言葉を惜しもうとしない。

それを誠実ととるか、いざ隠すべき時に隠すための仕込みととるかは、恐らく受け取り手のひねくれ度によるのだろう。ジルは、まぁ両方だろうなと考えている。

「あ、ボスでしょうか」

「それっぽいな」

扉を開いた先は、石を組んで作られた鳥籠のようなスペースだった。

まるで古城の庭に誂《あつら》えられた巨大な鳥籠。石の網目の隙間からは青空が見える。人が通り抜けられない程度の隙間からは、幾筋もの光が差し込んでいる。

今までが室内だった分、酷く明るく感じられる空間だった。

「温室みたいですね」

「目ぇチラついてやりにくい」

「確かに眩しいです。でも、ほら」

リゼルが指さした先、空間のど真ん中の床に、巨大な白い毛玉が鎮座していた。

「飛びそうな姿はしてませんよ」

「……」

「見上げる必要がなければ大分マシだと思います」

良かったですね、とほのほの微笑むリゼルには悪いがあれをボスだと思いたくない。

そこかしこの迷宮で稀に見かける〝オシャレ毛玉〟にも似ているが、それよりも一層丸く、ひと房だけ長く伸びているはずの毛束も見当たらない。全く別の魔物なのだろうが、この手のフォルムにジルの求めるような分かりやすく手ごわい魔物など滅多にいなかった。

リゼルを連れてきておいて良かった、とつくづく考えてしまう。

「……で、どうすんだよ」

「動きませんし、近づいてみましょうか」

「あれ本気で生き物なんだろうな」

「ボスの部屋を模したフェイク、っていう可能性もありますけど」

フェイクだとしてこの巨大な毛玉は何なのか。

ジルはそう内心で突っ込んだ。口には出さない。なにせ迷宮なので、あり得ないと断言することができないからだ。特に何の意味もない大きいだけの毛玉だとしても驚かない。意味は分からないが。

「ボスの名前、〝夢見心地の綿帽子〟なので」

「まぁ、これに名前つけんならそうなるか」

「大きいですね」

「微妙に動いてんな」

「名前のとおり寝てるんでしょうか」

残り三歩、という位置まで近づいてみる。

毛玉はちょうど目線ほどの大きさだった。それがゆっくりと膨《ふく》らみ、萎《しぼ》みを繰り返している。

どちらが頭でどちらが尻なのか。二人でそんなことを話し合いながら毛玉の周りをぐるぐる回る。

頭も尻も目も鼻も見つけられなかった。生き物ではなく植物とかでは、という疑惑が頭をよぎる。

「斬ってみりゃ動くんじゃねぇの」

「その前にちょっと触って良いですか？」

「あ？……何かあったらすぐ引けよ」

「はい」

何かあれば反応できるよう、ジルはリゼルの後ろに位置取った。

リゼルが酷く嬉しそうなのは、ペットの白いフワフワことケセランパサランでも思い出したのかもしれない。つまりは軽いホームシックを覚えたようだ。迷宮のボス相手にそんなもの覚えるなと言いたい。

「あ、ふわふわです、陽だまりの匂いも」

「これで動かねぇボスがいんのか」

「これだけ敵意のないボス、初めて見ます。もしかしたら……」

「、おい」

ふいに、リゼルの体から力が抜ける。

ジルは咄嗟にその腕を引いた。片手は剣で塞がっている。引き寄せた勢いでリゼルの後頭部が己の肩にあたった。ボスへの警戒を欠かさないまま見下ろせば、リゼルは今にも落ちそうな瞼《まぶた》を堪えているようだった。

謎の毛玉から距離をとろうとして、それが無理だと悟る。もはやジルの体からも一切の力が抜けていた。間をおかず酷い眠気に襲われる。即座に残る力を振り絞り、剣を握り締めて重力のままに振り下ろし、

「じる」

そのひと言に、自らの足へと突き立てようとしていた切っ先を止めた。

リゼルの瞳は、役目が済んだとばかりに既に閉じられている。ジルも堪えきれぬ眠気に舌を打ち、抵抗を止めた。傾いた二人の体を、もふりとした毛玉が受け止める。

毛の奥のほうに生暖かさを感じたので、この毛玉はやはり生き物であるのだろう。

「(このまま捕食されねぇだろうな)」

ジルは眠気に塗りつぶされかける頭でそう考えるも、まぁリゼルが眠気に身を任せろというのなら問題ないのだろうと思考を放棄した。望まない眠気は全くもって不快感が強い。

だが一方、すぐ傍から聞こえてくる寝息は酷く心地が良さそうで。

迷宮でこうも熟睡できるなど随分と図太いことだと、最後にそれだけを思った。


目が覚めたら、元の石の鳥籠の中に立っていた。毛玉は見当たらない。

ジルはその光景を前に、即座に己の考えを否定する。不思議と現実味がない。まだ起きていないはずだ。つまりは夢の中。そこまで思い至り、己の腕に抱えっぱなしのリゼルを起こす。

夢の中でも寝続けるほど寝汚《いぎたな》いはずはないので、眠りに落ちる直前まで眠気に抗ったかどうかの差が出たのだろう。夢の中で無理やり目を覚まそうとする感覚に似ていた。

「おい、起きろ」

「ん……」

力の抜けた頭、その頰を何度か叩いてやる。

これで、夢の中でボス戦開始ともなれば寝かせておいてやろうという気にもなるが、夢の中だからこそ現状を把握しなければならない。つまりは己の抱えたこれが、本物のリゼルなのか空想の産物であるかだ。

それによって、対応も出方も変わる。

「……すみません、じるる、ありがとうございます」

「起きたか」

「はい、……ああ、いえ」

はっきりと開いたアメジストの瞳が、途端に思慮深さを取り戻す。

「夢ですか?」

「ああ、多分な」

「なんとなく分かりますよね」

目にする風景は、毛玉がないだけで眠りに落ちる寸前と変わりがない。

肌に感じる空気も、日差しの温度も、踏みしめた床の硬さも全て。だがジルが気づいたように、リゼルもここが夢の中だと気づいたのだろう。あとは、それを両者が共有できているのかどうかだ。

できないのでは、という疑問は迷宮に限っては必要ない。

「じゃあ、手早く本人確認しましょうか」

「本人しか知らねぇ情報出すか」

「そうですね。答え合わせはできないので深堀りしましょう」

ここがボスにより用意された夢ならば、それほど時間的猶予はないだろう。

手早く進めるに越したことはない、と両者示し合わせたように確認を進めていく。

「お前から行け」

「分かりました」

どういう情報を出せばいいのか手本を見せろ、と促す。

素直に頷いたリゼルは、数秒だけ思案するとすぐに微笑んで口を開いた。

「〝Nの詩集〟という本を?」

「知らねぇ」

「広く美しい情景と些細な気づき、その対比からNの心情を読み解く詩集なんですけど」

手早く済ませろという状況なのに、何故よく口の回る題材を選んだのか。

楽しそうに語るリゼルを眺めながらジルはそう思った。いや、理由など考えるまでもない。ジルが一切興味のない詩集という、解釈が個人で大きく異なる題材を選ぶことで、自らの思考性をジルのものから独立させようというのだろう。

詩集など読んだ覚えもなければ、読んだとしても「ひと言で言え」で済ませるジルを思えば絶妙なチョイスだ。それは分かるのだが、趣味に走りすぎているような気がしないでもない。

「〝大空の果て、飛ぶ鳥の、羽ひとひらでもわたしにあれば〟から続くNの――」

「もういい」

知らない詩人の心情を深く掘り下げられるような情緒など持っていない。

それを淀みなく語るリゼルに、ジルは目の前にいる相手が本物だと悟った。話途中で止められ、少しばかり惜しそうな姿は酷く〝らしい〟がもはや疑うべくもなかった。

「次はジルですね」

「あー……」

リゼルの想定の外に出ろなどと、どこぞの研究者のような真似ができるだろうか。

だが考えても仕方ない。今度はリゼルが判断する番なのだから、適当にいろいろと話していれば勝手に納得するだろう。リゼルの話を参考にすれば、幾つか有効だろう話のネタもある。

ひとまずは単純に、自己認識の矛盾をついてみることにした。

「お前ここ来る直前、めちゃくちゃ気持ちよさそうに寝てたぞ」

「必死で眠気に抗ってたはずなんですけど」

一発成功だ。

不思議そうなリゼルだが、それでも納得はしたのだろう。平時ならばとにかく、ボス戦直前という状況だ。ジルが冗談で偽りの情報を口にすることはなく、リゼルもそれを分かっているからこそ己の記憶との差異を確信できる。

「抗えない眠気、夢の共有、これはどちらも迷宮案件なんでしょうけど」

「ボス案件かは謎か」

「タイミングとしてはまず間違いないです。けど、それらしい毛玉が見当たりませんね」

「あれがボスっつうのも微妙だけどな」

「オシャレ毛玉の親玉みたいでしたよね」

「勘弁しろ」

もし本当にオシャレ毛玉の親玉だとしたらどうすれば良いのか。

果たして魔物の要求（毛束を編む）を満たしたとして、褒美は残されるも本体は逃げる。かといって斬りつけようとすれば異様な速さで逃げるし、ならばと編み方を失敗してみせれば結構な勢いで自爆する。あのサイズが大爆発すれば流石に無事では済まないだろう。

ジルは以前にエレメントマスターの爆風を切り裂いた自らを全力で棚に上げた。

あれは斬ったら何とかなっただけで、敢えて爆発させた訳ではないのでノーカウントとする。

「夢なら、好きなボスと戦えたりできないでしょうか」

やぶさかでない。

「毛玉と戦えっつうならわざわざ寝させる必要もねぇか」

「ジルはどんな相手と戦いたいですか？　俺はあまりボスに思い入れがなくて」

「どんなっつってもな」

過去に剣を交わした魔物を思い出してみる。

最も高揚したのは竜を相手にした時。だがこの閉鎖的な空間では思う存分立ち回れない。そういえば竜といえば、ここサルスでも邂逅《かいこう》したのだったか。迷宮産であるので、本場の竜とは違ったが、一見して竜には見えない外見と奇妙な生態をした竜だった。

それは〝湖中のバザール〟のボス。

伸び上がれば太陽を隠すほど巨大な種喰いワーム――のようなナリをした恐らく竜。見渡す限り一面の砂原を、まるで海のように泳ぎ回っては砂塵《さじん》を巻き上げ飛び出してきた相手。砂嵐のごときブレスを見なければ竜だとは分からなかっただろう。

あの時は、手軽にボスと戦いたがったイレヴンと二人での戦闘だった。共闘というよりは個人戦かける二という具合ではあったが。

「……」

「ジル？」

思考を止める。嫌な予感がした。

空気が重さを増したような違和感。どうしたのかと窺うリゼルの隣に立つ。

「何かいますか？」

「ああ」

下からだ。

「来るぞ」

直後、けたたましい破壊音を立てて地面が爆発した。

そう錯覚するほどの勢いで何かが地面から飛び出した。石床が瓦礫《がれき》と化して舞い上がる。細かな破片が視界を塞いだ。けれど目を見開き見上げた先には、何百何千という牙に埋め尽くされた赤黒い洞穴《ほらあな》があった。

巨大ワーム、そのあまりにも異形である口腔内。リゼルの腕を引いて飛びのいていたジルは、それを見上げながら平静な声で告げる。

「バザールのボス、突進と薙ぎ払い、遠距離でブレス」

「なら竜の変種でしょうか。見た目は種喰いワームの親玉みたいですね」

「あいつも言ってたな」

「イレヴンですか？」

話しながら、更に数メートル下がった。

目前で巨体が地面に突き刺さる。それを、普段と変わらぬ立ち姿で見送るリゼルを横目で窺う。

舞う砂塵にも瞬き一つ零さないアメジスト、つぶさに相手を観察している証拠であった。

石造りの床も関係なく、ワームの姿が地面の下に消える。

「歩くなよ」

「分かりました」

ワームは振動でこちらを感知する。

端的に示唆すれば、忠告の意味を十全に理解しただろうリゼルが頷いた。

そこでようやく、摑んでいた腕を離す。罅《ひび》割れた石床には、ぽっかりと大穴が空いていた。

「ワームと戦いたかったんですか？」

「違ぇよ。流れで出てきた」

「それだけはっきりとイメージできたっていうことでしょうか。流石、魔物については詳しいですね」

「最近だしな」

記憶も新しければ鮮明に思い出せる。

特にこのワームにはなかなかに辛酸《しんさん》をなめさせられた。そもそも砂漠という環境からして受け入れがたい。更にはボスに辿り着くまでにそこを何往復もさせられて、肝心のボスは砂を巻き上げるわ斬ったら体液が噴き出すわ、そんな相手に消耗戦にならざるを得なかったのだから嫌な意味で印象深かった。

なんなら体液の味まで知っている。比喩《ひゆ》でもなく、苦虫を噛み潰した味がした。

「ひとまず、あのボスを倒す方向で行きましょう」

「ああ」

「前はどうやって倒したんですか？」

「どっちかがぶっ倒れるまで斬った」

成程、とリゼルが頷く。

自身とイレヴンが揃っていたとは伝えてあるのだ。後は勝手に察するだろう。相手の耐久力が並外れているのも、斬撃が決定打に届かないことも、ついでにイレヴンの毒が効かなかったことも全て。

よって作戦立案はパーティリーダーに任せ、ジルは微かな振動を伝えてくる地面を見下ろす。

相手の移動は、決して石の鳥籠の円周から出ていない。石網が地面の中にまで伸びているとは考えづらいが、それ以上は出られないと考えて問題ないだろう。

何故なら迷宮だからだ。迷宮だから仕方ない。

「ジルは夢の中で戦ったことってありますか？」

「あ？」

ふと、リゼルの視線が向けられる。

心なしか楽しそうな瞳。緩んだ目尻に、またおかしなことを考えているなと溜息をつく。

「〝夢渡り〟の経験はねぇな」

「そうじゃなくて」

可笑しそうに頬を緩める姿に、分かっていると唇を笑みに歪めた。

「冒険者なら誰でもあんじゃねぇの」

「ですよね。俺もあります」

「へぇ、どんな」

「大抵、その日の戦闘の反省会なんですけど」

そんなものの必要性を感じたことなどない。

ジルは微かに眉間の皺を深めるも、口には出さなかった。リゼル自身が納得いかないというのなら、夢の中でくらいは好きにすれば良い。現実で無茶をするような考えなしではないのだから。

「ただ夢の中って自分に都合の良いように進められるじゃないですか」

分からないでもない。

「だから、ここでもできると思います」

「あ？」

「そうですね……あ、ほら、前に竜の背中に乗ったっていう話をしましたよね」

「ああ」

それこそ〝夢渡りの迷宮〟の時だ。

夢の中とはいえ、踏破したならば報酬があって然るべき。そういう理由かどうかは知らないが、リゼルはそれから数日間の間、実に夢見が良かったと話していた。そこで、竜の背中に乗って空を飛んだなどというロマンなのかメルヘンなのか分からない話が出たはずだ。

「それを参考に、ここに竜を呼んで味方になってもらえないでしょうか」

「俺が戦い始めたらどうすんだよ」

「我慢してください」

地響きが強くなる。

ジルは何やら黙々と考え込み始めたリゼルを抱え、縁へと跳んだ。

雷鳴にも似た、腹の底を震わせるような轟音。巨体が鳥籠の中を伸び上がる。チラついていた日差しが遮られ、大きな影に覆われるのは、今がこんな状態でなければ心地の良いものだっただろう。

巨体故にゆっくりと、落下するように床に横たわるワームが、身を悶えさせるようにこちらへ方向転換を始める。あの怒濤《どとう》の勢いの突進が来るのかもしれない。以前のような石柱がないので、圧し潰して斬りつけるという方法は取れないだろう。厳めしい石網に突っ込ませれば、あるいは。

考えながら、リゼルの進捗《しんちょく》を窺う。

「どうだ」

「竜の内部構造があまり……ブレスのために強靭《きょうじん》な肺機能が必要だから、こう」

駄目そうだ。

物事を適当に考えられない人間はこうなる。その素晴らしいまでの見本だった。

本当にそこまでのイメージが必要ならば、そもそも目の前のボスは現れてもいない。だが、そんなことはリゼルも承知だろう。それでも考え始めると止まらず、つまりはいつまでもイメージが完成しない。

難儀だな、と若干同情する。

「そもそも夢とはいえ竜を従えようという発想はどうかな」

何か出た。

中性的な長身痩躯《そうく》。ややくたびれた白衣。白髪の中に羽毛の交じる鳥の獣人。

「従えるにしても並び立つにしても、コミュニケーションには価値観の共有が必須だろう。竜が人と同じ世界の見方をしていると思うかい？　環境とすら称される彼らに人が並び立つことができる確率なんて、それほど高くはないと思うけれどね」

「おい、なんか漏れてんぞ」

「すみません、つい」

目の前の女こそ魔物研究家。魔物へと一方的な愛を注ぐ奇特な存在であった。

彼女の魔物への、ひいては竜への強すぎる偏愛《へんあい》は強く記憶に刻まれている。ジルとて刻み込みたくはなかったが、風圧で吹っ飛ばされながらも竜を求める姿はインパクトが強すぎた。

本人が現れた、というよりはリゼルのイメージする研究家が現れたのだろう。再現度が高すぎてやや引いた。

「竜の背に乗りたいという気持ちは非常によく分かる。小生《しょうせい》も乗れるというのなら喜んで乗るさ。けれど！　夢の中でさえ彼らが人に媚《こ》びる姿など見たくはないと、思う自分もいるだろう⁉」

「お前ん中でこいつはどういうポジションなんだよ」

「言いそうじゃないですか？」

「言いそうではあるけどな」

「いいや、確かにロマンだ、それは認めよう。竜の背に騎乗する自身を想像したことがない訳じゃない……ただ竜とは唯一であり絶対であると！　衣食住のどれをとっても他者に依存しなければ生きてはいけない小生らとは違うのだと、勿論それを小生から竜に強制する訳ではないが事実としてそうであると近年の研究では」

「あ」

「うん？」

研究家の後ろから猛然と迫る巨体。

それに気づいたリゼルが零した声に、まるで聞こえているかのように反応した研究家が背後を振り返る。

「ワーム、いや、まさか竜……ッ」

跳ね飛ばされて消えていく研究家の顔は満面の笑みを浮かべていた。

ジルはそれを、リゼルを抱えて飛び上がりながら見ていた。見たくはなかった。

直後、ワームが石網へと衝突する。流石は迷宮と言うべきか、石網は微かに振動を伝えるだけで崩れはしなかった。ジルはワームの真上、石網に掴まってぶら下がりながら身悶えるワームを見下ろす。

「研究家さん、幸せそうでしたね」

「現実で本人死んでねぇだろうな」

「大丈夫ですよ。防壁は張ったんですけど、手応えがなかったので」

ちゃっかり魔力防壁で研究家を守っていたようだ。

手応えがないイコール大丈夫、というのはジルには理解できないが、リゼルが問題ないというのならば問題ないのだろう。魔法使いの独特な感覚は、魔法使い以外は理解しづらいというのが冒険者の共通認識だった。

「ただ、残念ながら竜はイメージできないみたいです」

「だろうな」

「イレヴンも、あっちの世界の面々も出てきてくれませんし」

「試してんのかよ」

「本人に影響は出ないにしろ、寝ててくれないと助っ人として呼べないのかも」

今が真っ昼間であることを思えば望み薄だ。

そうなると何故魔物研究家は呼べた、もとい勝手に出てきたのかとは思うも、恐らく昼夜逆転生活の真っ最中であるのだろう。ジルは研究者への多大なる独断と偏見をもってそう結論づけた。

「なら自己強化系はどうでしょう」

「強化魔法じゃねぇのか」

「いえ。夢の中でありがちな、跳躍力が跳ね上がるとかそういうのです」

「お前それ竜の二の舞だろ」

意地でも夢の中という特性を生かしたいらしい。

足元には奇妙な光沢のある表皮を纏う巨大な魔物がいる。他者を容易《たやす》く肉塊《にくかい》にできそうな口を、石網に擦りつけるようにして不気味に蠢いている。そんな状況でも尚、リゼルが試行錯誤を楽しめるのはこちらへの絶対的な信頼が故なのだろう。

望むところだった。それを厭《いと》うほど、己の腕に自負がない訳ではない。

「だから、ジルがやってみてください」

「あ？」

だからといって、できることとできないことがある。

「ほら、一瞬で魔物の背後に回ったりとか」

あいにく夢の中でも覚えがない。

「一振りの衝撃波で相手を一刀両断できたり」

そういう迷宮品を見たことがあれば可能だったろうが全く記憶にない。

「ああいう相手の突進を難なく受け止められたりも」

これにはやや心当たりがある。

そういった夢で自尊心を満たせたことはなく、よって大した思い入れもないができるのだろうか。

無意識に眉間の皺を深めながらも、石網を握っていた手を離した。

蠢くワームをクッションに、その傍らへと着地する。巨体が大きく波打った。

「俺も陛下みたいにこう、反動もなく銃が打てたりとか」

「肩外すから止めとけ」

リゼルと共にやや距離をとる。

隣で何やら銃を構え始めたリゼルを尻目に、ジルは大剣を構えた。イメージが物を言うのならば、恐らく今までに使い込んだ剣の全てを顕現《けんげん》できるのかもしれないが、あいにく現在のものが最も性能が良い。夢の利点は生かせそうになかった。

「あ、ジル来ますよ」

「お前は避けろよ」

「はい」

赤黒い口腔内がこちらを向く。

「突進してきた相手をその勢いで真っ二つにしてくれても良いんですよ」

「それ俺が全身で変な汁浴びるやつだろ」

「体液多そうですよね」

巨体が助走もなく一瞬で迫る。

ジルは大剣を握り締め、眼前で構えて待ち構えた。だが見るからに相手の口の直径が大きい。果たしてどこをどう受け止めれば良いのか。振り下ろした剣で弾き返せば良いのか。いや質量差で確実に負ける。だがそもそも夢の中でならそれが可能なのではという実験だ。

ならば剣を巨大にすれば良いのか。そうなると重心はどうなるのか。迷宮品なのだから変に弄るとおかしなことになりそうだ。けれどサルスで見たあの長すぎる剣ならば、いや、あれでは強度が足りずに折れる。

だから、そもそも夢の中なのでそのあたりは気にしなくてもいいのだと己に言い聞かせ。

「……」

ジルは避けた。

剣への造詣《ぞうけい》の深さと数多の戦闘経験による予測能力が完全に仇《あだ》となった。リゼルのことなど微塵も言えやしなかった。すれ違ったワームは、勢いを落とさず再び地面へと潜っていく。

「夢にしちゃ現実味がありすぎんだよな」

「ですよね」

両者とも、誰に聞かれた訳でもないのに言い訳を口にする。

そうする程度には、夢の中でさえ羽目を外せない己に思うところがある二人であった。

「そもそも好きなボスと戦えるっていうだけの夢かもしれませんし」

「夢の中じゃ素材目当てっつう訳にはいかねぇけどな」

「でも、君は嬉しいでしょう?」

「ああ」

イメージさえできれば、どんな相手でも戦える。

それをメリットとする冒険者がどれほど存在するのかは不明だが、ジルにとっては十分に魅力のある迷宮だ。やや無理やりではあるが、前向きな心で討伐方針を切り替える。そもそも普通に倒せるのなら普通に倒せば良いのだ。

リゼルが楽しむのならわりかし乗り気で付き合うが、基本は真っ向勝負こそ性に合う。あまり失敗を引き摺らない男であるジルは、特に惜しむでもなく夢の中であるメリットを放棄した。

リゼルが少しばかり残念そうであるのには同情するが。

「潜らせないようにできるか」

「はい。じゃあ次の相手のアタックからそっちに専念しますね。突進は壁で防いでも？」

「誘導で良い。周りにぶつけて動き止める」

「分かりました」

リゼルに対し、細かく注文をつけることをジルはしない。

必要ないからだ。現に今も、頷きながら地面に空いた穴を魔法で塞いでいる。そこまで気の回る相手に、あれをしろこれをしろと指示を出す必要性がどこにあるというのか。

ただ動きづらいだろうという理由で、わざわざボスが空けた穴を塞ごうなどという発想はジルにはない。恐らく、冒険者の誰にもないだろう。行動だけ見ると若干シュールだが、リゼルの気の回し方は効率という点で非常に優れている。

「強化魔法は？」

「つけとけ」

「ん、珍しい」

「二回目だしな」

地面に散らばる石礫《いしつぶて》が微かに跳ね始める。

凶悪な魔物は、地の底から虎視眈々《こしたんたん》とこちらを狙っている。

「行くぞ」

「はい」

そうしてジルは思いきり、靴底を地面へと叩きつけた。


例えば、アインの夢。

冒険者ならば誰しも、一騎当千である己を一度は夢に見る。

例えばボス(超でかい竜とか)を目の前にする。己の手には信頼する武器(超最強の武器とか)が握られている。(炎を纏わせたり風を纏わせたりしながら)振るえば強大な魔物の体から血が噴き出し、相手の攻撃を(そうするのが歴戦っぽいから敢えて)紙一重で避けては己の肌に一筋の血が流れ落ちる。

地を駆ける足は一歩で相手に肉薄(するのがロマン)、空を裂く切っ先は(冒険者最強の男みたいに)強靭な魔物を容易に斬りつける。現実ではまずあり得ない動き(でも夢の中なら絶対できる)、武器性能(だって夢の中だから衝撃波とか絶対出せる)、けれど夢はあらゆる常識を覆してそれらを可能にする(だから手から凄い魔法もバンバン出る)。

一進一退の攻防(上位冒険者ムーブ楽しすぎる)。一対一の激闘(仲間はどっか行った)。楽勝では意味がない(手応えなさすぎても萎《な》える)。他の冒険者が束になっても敵わない魔物を前に、己だけは互角以上に戦える(他の冒険者が苦戦してるところは別に見てない)。

その高揚感《こうようかん》、まさしく他の追随《ついずい》を許さない(俺最強)。

本来は、こうなるはずだった。

だがあまりにも現実主義が過ぎたリゼルたちは、普段どおりの己の力のみでボス討伐を果たし、報酬なのか素材なのかよく分からない〝最高級まっふまふ枕〟を手に入れたのだった。

ちなみに結局最後まで、白い毛玉は謎の白い毛玉のままだった。

海賊船が出た時の各国の対応

CASE1：王都パルテダ

アインたちは今日もまた、昨晩の酒が残る頭を抱えて目を覚ます。

起き上がれないほどの二日酔いならばまだしも、この程度ならば日常茶飯事。冒険者として当たり前のように、依頼を受けに行こうと硬いベッドの上で体を起こした。

勿論寝ていられるなら寝ていたいのだが、酒で軽くなった財布は今日の寝床も、何より今晩の酒すらも保証してくれない。宿の主人に土下座してツケで宿泊延長させてもらおうかという打算が頭をよぎるも、既に二回実行済みなので一蹴《いっしゅう》されて終わるだろう。早々に諦めて動き出すのが吉だ。

彼らはダラダラと支度を整えてギルドに向かう。

辿り着いた先の扉を緩慢に開いた。

「あー眠……あ？」

「人いなくね？」

ひと目で違和感に気づく。

とにかく人の姿がない。いつもならば冒険者ひしめく依頼ボード前もがらんとしていて、異様なほどに静かであった。ギルド職員だけが数名いるも、皆なにかを諦めたかのような雰囲気が漂う。

そんな彼らはアインたちを見るなり、もれなく複雑そうな半笑いを浮かべていた。

「俺らそんな寝坊した？」

「まぁちょっとはした」

「つってもそんなめちゃくちゃは変わんねぇし」

奇妙な光景に、アインたちの会話も小声になる。

だがいつもの癖で、四人の脚は自然と依頼ボードへと向かっていた。

「は？　全然減ってねぇじゃん」

「逆に俺らすっげぇ早起きできたんじゃねぇ？」

「それだ」

王都では一定時間おきに時刻を知らせる鐘が鳴るも、それを意識して過ごす者は少ない。

当然アインたちも、どれほど前に何回の鐘が鳴ったかなどまるで覚えていなかった。よって今の状況を非常に前向きに捉え、一気に意気揚々と依頼を選び始める。根拠のない自信は若さの証だ。

いつもならば押し合いへし合い怒鳴り合い、奪い合いとなる依頼がなんと選び放題。四人はまるで、酒蔵で自由に酒を選んで飲んでいいと言われたかのようなはしゃぎっぷりで依頼を選び始めた。

「アレ良いじゃんアレ報酬良いし！」

「ぜってぇこっちだって弱い魔物狩るだけでいいんだぞ！」

「選び放題フゥーッ選び放題最ッ高！」

冒険者って自由に依頼を選べるだけでこれだけはしゃげるんだな、と見守るギルド職員の視線は生ぬるい。そんな視線を浴びながら、アインたちは建国祭の盛り上がりもかくやというハイテンションで依頼を選び抜き、頭上に掲げた依頼用紙を振り回しながら歓声と共に受付へと向かう。

「ヘイヘイヘェーーーイ依頼ぃ！」

「手ッ続き！　手ッ続き！」

「アイン氏ら元気ね……」

今にも踊り出しそうな四人を前に、いまだ半笑いのギルド職員が依頼用紙を見下ろす。

「あー……まぁ、手続きするけど……良い？」

「おいおい何だよ何だよぉーっ」

「勿体つけんなよ上手いなぁオイ！」

「いやこっちとしちゃ有難いのよ？　有難いんだけどさぁ、良いのかなーっつうかさぁ」

言い淀む職員にも、アインたちは「何か変なこと言ってるな」と思うだけで気にしない。ただただ盛り上がっている。この盛り上がりの前では全てが些細なことだった。彼らは今ならジルにだってハイタッチを求めに行けるだろう。間違いなく返してはもらえないが。

そんなアインたちに職員は一度だけ机に突っ伏すと、苦渋の決断をしたかのように勢いよく顔を上げた。他のギルド職員から「あ」やら「耐えきれなかった」やらの声が上がるなか、その職員は己の心の弱さを嘆きつつも口を開く。

「これだけ言っとくわ！」

「あ？」

「何？」

いっそ悲痛な声に、アインたちはようやく耳を傾けた。

「……今、海賊船出てんだけど」

「何処⁉」

「中心街の水路」

職員はギルドを走り去るアインたちを見送った。

残されたのは置きっぱなしの依頼用紙。職員は肩を落としながらそれを手に立ち上がる。こうして取り残された依頼用紙を依頼ボードに戻しに行くのも果たして何度目だろうか。

「うっ、うっ、依頼減らねぇー……」

「あれはしゃーない」

「アイン君たち、ちょっと寝坊しちゃったのね」

本日早朝つい十分前。

冒険者ひしめくギルドに海賊船出現の報が寄越された瞬間、怒濤の勢いでギルドを飛び出していった冒険者たちの姿を思い出す。勢いが良すぎたせいでギルドの扉にガタがきたのだが一体誰に請求すれば良いのか。ギルド職員の悩みは尽きない。

「中心街前で問題起こしてねぇだろうな、あいつら」

「大丈夫よ、スタッド君にお願いしたもの」

野牛の大群のような冒険者の集団に、王都ギルドの紅一点、ギルド長の妹である彼女は「監督お願いね」とすかさずスタッドに声をかけていた。今頃、一般国民を跳ね飛ばそうとする冒険者は逆にスタッドに捻《ね》じ伏せられているだろう。

海賊船の出現を知らせてくれたのは憲兵なので、現地にはそのあたりも配備されているはずだ。

出現場所が中心街目前なので、騎士まで出張ってきそうな点が少しばかり心配ではあるが。

「まぁなんかあってもギルド長がなんとかするか……」

職員は依頼用紙を貼り直し、隙間なく並んだそれらを眺めて再び肩を落とした。


時は遡《さかのぼ》り早朝。

水路に何か浮いている、という噂を耳にしたのは一人の憲兵長だった。

朝の見回りもそこそこに、駆け寄ってきた子供たちからそう声をかけられたのだ。誰かの落とし物だろうか、そうであるならば拾って落とし主を探さねば。

そう考えながら、何故か大興奮の子供数人に手を引かれた先で見たものは。

「これは……」

何か、どころではなかった。

水路に浮かぶは威風堂々とした一隻の海賊船。格好良い、格好良い、と跳びはねて喜ぶ子供たちに囲まれながら、憲兵長はひと抱えもあるマストを見上げる。憲兵長自身は海というものを見たことがなかったが、目の前の海賊船の造りを見ていると奇妙な違和感がつきまとう。

もっと巨大でなければおかしい。そう感じた。

実際、甲板に人が乗ることはできるだろう。だが、そこにある扉は大人ならば身を屈めなければ入れないような中途半端なサイズだった。柵も跨げそうなほどに低く、マストにある見張り台など子供用にも見えた。それにしては造形が高度に過ぎるのが更に違和感を加速させる。

まるで、水路に合わせて巨大な帆船をそのまま縮めたかのようだった。

「乗る⁉　乗る⁉」

「乗っていい⁉」

「乗らないからな、こら、あまり近寄るんじゃない」

大興奮の子供たちを宥《なだ》める。見回せば、どんどんと見物人が増えていた。

そのなかには、久しぶりだと感心したように眺める人々もいる。

「あらぁ、何年振りかしら」

「前より大きいかな？」

「憲兵さん、その子たち見てるから大丈夫よ。ギルドに行くでしょう？」

憲兵長は、有難くその言葉に甘えることにした。

彼も目の前の奇妙な海賊船には心当たりがあった。実際に目にしたのは初めてで、少しばかり見入ってしまったが、憲兵になったばかりのころに引き継ぎがあったのを覚えている。

曰く、ある日突然海賊船が領内に現れることがあるが、それは迷宮なので周囲の安全を確保次第冒険者ギルドに知らせること。

当初は何の冗談かと思っていたが、まさか本当にこんなものを目の当たりにするとは。

「（海賊船か……）」

足早に歩を進める憲兵長の心に眠る子供心がやや疼《うず》いた瞬間だった。

そして今、水路の前にはあらゆる面々が大集合している。

これが噂の海賊船かと水路を囲む野次馬、そして息を切らせた冒険者集団、怒濤の勢いで動き出した彼らの後を慌てて追ってきた息も絶え絶えの憲兵長。ちなみに何故に憲兵長がこれほど息を乱しているのかというと、脇目も振らず駆ける冒険者集団に走るな歩けと怒鳴り続けていたからだ。

そんな憲兵長の心配をへし折るかのように、他者にぶつかりそうになった冒険者を即座に潰し、別の心配を植えつけたスタッドもこの場にいる。

お陰で周囲への被害はゼロだが、ここまでの道のりに点々と冒険者がぶっ倒れているのかと思うと憲兵長の内心は平穏ではいられない。見回りの憲兵らが察して回収してくれるのを祈るのみだ。

そんな憲兵長だが、冒険者ギルドに向かう前に詰め所に寄って応援要請を出している。

よって既に、海賊船の周囲はしっかりと安全確保されていた。時折子供たちが突っ込んでいくも、そつなく憲兵に止められている。その横を子供と同じように海賊船に向かって駆け出しては、危ないから止めろと憲兵に怒鳴られながら海賊船に飛び移る冒険者が多数。

「板を渡すから待ってろって言ってるだろうが！」

「遅《おせ》ぇんだよそんなもん待ってられるか！」

「どんだけの冒険者が潜ってんか分かんねぇんだぞ！」

憲兵の怒声など慣れたもの。いちいち聞いていられるかと冒険者たちは笑いながら跳ぶ。

間に水面の覗く距離を悠々と飛び移るのは流石のひと言だが、何故に渡し板を待てないのか。急ぐ理由があるのは何となく伝わってくるのだが、安全に渡る方法があるのならそれに越したことはないだろうに。

憲兵長は痛む頭を押さえつつ、水路脇に立つスタッドの隣へと歩む。

「あれは止めないのか？」

「何故ですか」

「いや、危ないだろう、落ちたら」

「自業自得なので」

「そうか……いや、だが子供たちが真似したら困らないか？」

「そういった教育がしたいならむしろ落ちて沈む冒険者を見たほうが早いのでは」

教訓の皮を被ったトラウマを子供たちに植えつけるなと言いたい。

そこでようやく、憲兵が二人がかりで渡し板になりそうな木材を運んできた。とはいえ置いたところで使うのは重度の高所恐怖症だという冒険者が一人のみ。彼は板の上に立つこともできず、もう帰ると叫びながらも仲間に引き摺られるように海賊船に渡っていった。

海賊船に乗ってしまえばケロリとしているのだから図太い。

甲板の上でひしめき合う冒険者たちは、身を屈めながらも次々と船内に続く扉を潜る。船のキャパシティを無視した光景は酷く奇妙だった。

ひと通りの冒険者が渡り終えた後、スタッドが憲兵長を見る。

「有難うございます」

「いや、ほとんど必要なかったからな。こちらが勝手にやっただけだ」

酷く事務的な礼だった。

憲兵長はそれを気にかけることなく頷く。憲兵という立場からしても、魔物ひしめく迷宮が城壁内に現れたのを見過ごすことなどできない。どうせ迷宮が消えるまでは厳戒態勢をとるのだから、冒険者ギルドと協力できるところはしたほうが良いというのが共通認識だった。

「そちらのギルド長と一度方針を話し合いたいのだが」

「後ほどギルド長を向かわせるので場所と時間だけお願いします」

「ああ、なら総長と相談したい。決まり次第ギルドに伝えに行こう、それと――」

直後、野次馬がざわついた。

やや声の高いざわつき方に、憲兵長はその原因を察しながらも周囲の視線を辿る。視線を向けた先、中心街と外周とを隔てる水路にかけられた橋に、二人の騎士が現れたところであった。

場所が場所なので予想はしていたが、冒険者関係の事案に騎士が姿を現すというのは違和感が伴う。言い方は悪いが、雑草の中に薔薇《ばら》が交ざったかのような意味で。

視線が合い、礼をとる。あちらも美しい敬礼で挨拶を返してきた。

「騎士か……冒険者がいなくなった後で良かったな。奴らは騎士が嫌いだろう」

「通りすがりの騎士に真正面からガンをつけにいく程度には嫌っています」

よくぞそんなことができるものだと、憲兵長はいっそ感心しそうになる。

騎士とはそもそもが貴族階級。そんな相手に喧嘩を売ろうなどという気概は何処から来るのか。

それでも、憲兵長の耳に入っていないあたり大問題にはならなかったのだろう。騎士らの懐《ふところ》の広さが垣間《かいま》見える。

いや、問題になっていないのはギルド職員の尽力もあるのかもしれないが。

「どうして冒険者は騎士を嫌うんだ。感じの悪い騎士なぞ見たことがないが」

「冒険者の言い分を纏めると『そもそも人気者という人種が嫌い』だそうです」

「子供か」

「更に具体的に掘り下げると『軽率にモテる奴はムカつく』らしいですが」

「八つ当たりするな……っ」

「伝えておきます」

スタッドも何か問題が起こった時に備えてこの場にいるだけなのだろう。

問題が起こらなければやることもないのか、またはこれも業務の一環に含まれていると判断しているのか、問われれば至極淡々と返答を寄越している。憲兵長は紙面で冒険者についてのQ＆Aを読んでいるような気分になった。

そうしてポツリポツリと会話を交わしながら、甲板の冒険者が減っていくのを眺めること暫く。

その最後の一人が姿を消してから十分ほど経ったころのことだった。

「あーーーーッほらもう誰もいねぇじゃん!!」

「でもまだ踏破されてねぇし！」

「朝出て朝踏破とかねぇだろ流石に」

「ジルさんでも無理だわ」

「いや、無理か……？」

「無理じゃん……多分……」

四人組の冒険者が、勢いよく走り込んできたかと思えば即座に勢いを失っていく。

急いでいたはずの彼らは、船を目前にして粛々《しゅくしゅく》と話し合いを始めてしまった。良いのか、と憲兵長は隣に立っているスタッドを見るも、彼は特に興味を示すことなく海賊船の出現記録をとっている。

「でもリゼルさんいんならさっさと踏破はしねぇんじゃねぇ？」

「一人で潜ってたらどうすんだよ」

「なら……まぁ……」

「おい、船に渡るなら板を歩いて行けよ」

「はぁ？」

「はいはいはぁーい」

住民が海賊船に近寄らないよう誘導していた憲兵の言葉にも、聞いているのかいないのか生返事。これが憲兵に対する冒険者のデフォルトとはいえ、きちんと話を聴けと叱り飛ばしたくなってしまう。

とはいえ騎士ほどは嫌われていないらしい。好かれてもいないが、反射で喧嘩を売られるほどではない。先程聞いた話を思うに、その理由が「憲兵は特にモテないから」なのかと思うと非常に複雑だが。

「つっても流石に……お？」

冒険者は態度を取り繕おうとしないので、良い意味でも悪い意味でもそのあたりは分かりやすい。

ふと、黙々と話し合っていた冒険者の一人が何かに気づいたように対岸を見た。

憲兵長もそちらを見る。特に彼らが気になるようなものがあるとは思えなかった。水路の対岸には城壁、その切れ目がすぐ傍にあり、そこには水路を跨ぐ立派な橋がある。

中心街で活動する人々も見物に来ているのか、橋の上には益々人が増えている。だが流石と言うべきか、騎士二人の周囲にだけには空間が空《あ》いていた。

あの群衆の中に見知った顔でも見つけたのかもしれない。憲兵長がそう思いかけた時だ。

「あいつアレじゃやね、なんか依頼のこと聞きてぇって言ってた」

「あー……似てっかも」

「でも騎士じゃん。兄弟とか？」

「兄弟でもおかしいだろ」

「本人だったりして」

「な訳ぇー」

何やら話し合っていた冒険者から笑い声が上がる。

その時ふと、隣に立っていたスタッドが顔を上げた。今まで何があろうが反応せず、確認質問のみに口だけで応えていた相手の反応に、憲兵長がどうかしたのかと尋ねようとした瞬間だ。

「まぁ声かけてみりゃ分かんだろ。おーーーーッぶ!?」

「おい、何故今ペンを投げた！」

「諸事情です」

橋に向かって手を振ろうとした冒険者の頬にペンが突き刺さった。

そのペンを投げた張本人であるスタッドは無表情を崩さず、全く悪びれた様子もなく予備のペンを取り出している。後には何が起こったのか分からない冒険者四人と、目を白黒させる憲兵長、そして密かに眉間の皺を深めつつ素知らぬ顔をする騎士の姿があった。

CASE2：アスタルニア

夜闇が薄れ、水平線に朝焼けの臨める時間帯。

魔鳥騎兵団の一部は、いまだ暗い早朝から鳥舎へと向かう。パートナーの魔鳥が早起きである者は勿論、夜間の見回りを担当していた者は寝る前にひと目様子を見ようと訪れるし、先日やや機嫌を損ねた者は挽回《ばんかい》の機会を得ようと己のパートナーが目を覚ますのをじっと待つ。

ちなみに早起きな魔鳥のパートナーは早起きが得意であったり、マメな手入れを要求する魔鳥のパートナーは恋人ができても「重い」と捨てられるような超尽くし型だったりと、なかなかに気の合うペアが多い。まだ個性の見えない雛《ひな》のころにパートナーを決めるのだが、そこは現魔鳥騎兵団隊長の目利きがものを言った結果だろう。

「今朝はやけに霧が出てるな……」

ナハスもまた、今まさに至福の時を過ごそうとパートナーの元へと向かっていた。

ナハスのパートナーは比較的朝に強いほうだ。いや、弱いのだろうか。早くに起きるは起きるのだが、すぐに動き出さずに船を漕いでいる時間が長い。その間に手入れを終わらせるとストレスを感じにくく、その日は機嫌を損ねることが少なくなりやすい。

損ねる時は損ねるのだが。それもまた魅力であるとするナハスに死角はない。

「なんだ？」

もうすぐ鳥舎だというところ、音のない喧騒を感じて眉を寄せる。

寝ている魔鳥を起こさないよう配慮しているようだが、忙《せわ》しない空気に満ちていた。何かあったのかと歩調を早めれば、気づいた騎兵の一人がこちらに向かって手を挙げる。

何かは起こったようだが、どうやら然程緊急性は高くないようだった。

「どうした」

「海賊船だって、海賊船」

「何だと？」

海に広く交易路を持つアスタルニアは、略奪者に狙われることも多い。

故に騎兵団が同行したり、海兵団が護衛についたりと対策には余念がなかった。にもかかわらず狙う者がいなくならないのは嘆かわしい限りだが。アスタルニアの深刻な問題の一つだ。

しかし、それにしては相手の口調が軽かった。それほど不謹慎な女ではなかったはずだが、と訝しげに眺めていれば、ほぼ同期である彼女はそれに気がついたように溌溂《はつらつ》と笑う。

「迷宮だってば。海賊船の迷宮、アナタ知らなかった？」

「迷宮……冒険者のか？」

「そう、それ」

思い出すのは三人の酷く印象的な冒険者のこと。

彼らがアスタルニアを去り、冒険者という人種との接触は減っているものの、それでもリゼルたち本人らの記憶は少しも薄れない。思い出す度、また何か変なことをしているのではと憂慮するが、そうであっても本人たちは至ってマイペースかつ息災だろうという謎の安心感もある。

よって結局のところ、元気でいればそれで良い、という結論に達しがちだ。

「ああ、そういえばあったな。ならそれの警戒に当たるのか」

「うん、今から何組か連れて行ってくるよ。だから、冒険者ギルドへの対応はよろしく」

「は……」

「だぁって今隊長いないから」

語尾にハートがつきそうな物言いは、言うまでもなく彼女が隊長に強く憧れているからだ。

女騎兵の羨望《せんぼう》を一身に集める隊長は、女傑《じょけつ》の名をほしいままにする粋《いき》で苛烈《かれつ》な魔鳥騎兵。とうに壮年も過ぎているだろうに、少しも衰えを見せず空を駆ける彼女へと憧れる者は騎兵団内に留まらない。

そんな彼女の不在をナハスも把握していたし、ギルドへの対応に否やを言うつもりもないのだが。

「アナタ冒険者ギルドと仲が良いしちょうど良いでしょ」

「待て」

別に仲が良くはない。なし崩しに受け入れられているというだけだ。

それも例の三人組関係で何かあった際、度々顔を出しては同情したような顔をされていたというだけのこと。

だが軍人が冒険者のやることに口を出すな、と悪態をつかれないだけ十分に仲が良いのかもしれない。軍が取りつく島もなかった冒険者ギルドに伝手《つて》ができたと、そう好意的に考えられなくもないだろう。それら全てが、ナハスの立場に多大なるプラスを齎《もたら》したと言えなくもない。

だが、冒険者案件を丸投げされている現状を思えば釈然としないものがある。

「海兵団がもう手を出した後みたいだけど、そこらへんも言い訳しておいて」

「……一応聞くが、何をしたんだ」

「挨拶代わりに何本か槍打ち込んで、傷一つつかなかったから迷宮って気づいたんだって」

「あそこはどうしてそうなんだ……！」

未知なる迷宮を前に何かあったらどうするのか、とナハスは嘆く。

いや、攻撃を仕掛けた時点で何かはあったのだ。何かを起こしたともいう。冒険者の管轄に先制攻撃を仕掛けたなどと、防衛のためとはいえ冒険者ギルドの心証は良くならない。これだから〝軍属というだけの海賊〟などという不名誉な呼び名をされるのだ。

ちなみにほぼ事実なので庇い立てはできない。

「まぁ、あいつらの所業は有名だしな……説明すれば理解はしてもらえるだろう」

「ん、じゃあ頼んだ。私ももう行かなきゃだから」

「ああ、そっちも頼んだぞ」

ナハスは飛び立つ騎兵らを見送り、至福の時間が後回しになったことを惜しんだ。

幸いなことに、普段とは違う雰囲気にナハスのパートナーは目を覚ましていた。

細かな羽毛に囲まれた澄んだ瞳にひと言詫び、ナハスはアスタルニアの空を駆ける。前回アスタルニアの海に海賊船が現れたのが、およそ十年以上前のこと。それでも国民の中には、それを見たことのある者が多いだろう。

ならば冒険者ギルドに知らせにいく者もいるはずだ。既に、冒険者ギルドには海賊船の出現が伝わっているだろう。早朝だろうが関係ない。アスタルニアの漁師たちの朝は早いのだ。

「(ただ、まだ冒険者は少ないか)」

上空を緩く旋回《せんかい》しながら街並みを見下ろす。

民に混乱はなく、落ち着いていた。まだ海賊船の出現を知らない者が多いのだろう。

だが時折見える、港に向かって猛烈に駆けている数人の塊は間違いなく冒険者だ。運良く(と言って良いのかはナハスには分からないが)、宿の主人の顔が広くて一足先に海賊船の存在を知ることができたのかもしれない。

他にも港方面に向かう民の姿をいつもより多く見かけるので、もう暫くすれば港は野次馬で溢れることだろう。冒険者ギルドに寄った後は、歩兵団と共に警備に当たることになりそうだ。

「今日は忙しそうだな、頼むぞ」

パートナーの背を撫でながら、近づいてきた冒険者ギルドへとゆっくりと下降する。

「てめぇら海賊船出てんだぞ！　依頼なんざ受けてる場合か、行ってこい！」

「はぁ⁉」

「もっと早く言えクソ親父！」

「うるっせぇ周りに迷惑かけんじゃねぇぞ！」

流石にギルドを目前にすると騒がしい。

ギルドの扉の前、仁王立ちになったスキンヘッドのギルド職員が冒険者たちを急き立てている。

それを聞いた冒険者たちも、気だるげな歩調を一転して我先にと駆け出す。

早めの解決はナハスにとって願ってもないので、冒険者たちにやる気があるのは喜ばしい。

「すまん、今良いか？」

「あ？　おう、なんか久しぶりだな」

地面に下り立ち、魔鳥から降りて声をかける。相手のギルド職員も平然と手を挙げた。

手綱を軽く引いて腰を下ろさせたパートナーへ、彼の厳つい顔立ちが向けられる。その瞳に親しみが籠められるのを見る度、誇らしく思う気持ちがひときわ強く湧き起こるのが騎兵だ。それはナハスとて例外ではなかった。

「海賊船が現れたと聞いたが」

「ああ、今回も世話になっちまいそうで悪いな」

「あんなもの誰の所為《せい》でもないだろう」

「そりゃあそうだ」

職員は肩を揺らして大声で笑う。

迷宮など嵐や竜と同じもの。便宜上は冒険者ギルドが管理者という立場にあるが、完全に管理しようと思ってできるものでもない。ある日いきなり現れて、ある日いきなり消えていく。

とはいえ基本的には街中には現れないらしいので、未知に満ちた迷宮の中でも海賊船は更に特殊な位置づけとなりそうだ。

「余所の国じゃあ噴水にオモチャみてぇにプカプカ浮いてたりするっつうからな」

海に出るだけ良心的だな、と思うも何かが間違っている。

子供が間違って拾ったりはしないのだろうかと、そう思いかけて本来の目的を思い出した。

「そういえば海兵団が横やり……先制攻撃か？　手を出したみたいなんだが」

「おう、聞いてる聞いてる。防衛ご苦労さん、だ」

全く気にした様子のないギルド職員に、ナハスは頷きながらも感謝を告げる。

ひと目で迷宮だとは分からない船だ。不可抗力だと割りきってくれているのだろう。

「まぁ迷宮に攻撃っつうとあんま良い噂聞かねぇし、一応気ぃつけろっつっといてくれ」

「ああ、伝えておこう。どんな噂があるんだ？」

「所によっちゃ反撃があるらしいな。魔物放出しただの、凄ぇ勢いで扉が開いて顔面強打しただの、変わり種じゃあ辺り一面に甘ったるい匂いをひと月まき散らかし続けただの」

碌《ろく》でもなかった。

「それなら今回は運が良かったな。海兵団の攻撃にも反応はなかったようだ」

「まぁ海賊同士、道理が通った挨拶だっつってお咎めなしだったのかもしれん」

「まさか」

ナハスは笑いかけ、しかし即座に思い直す。

リゼルたちからよく聞いていた「迷宮は空気を読む」「迷宮だから仕方ない」などの発言を思うに、あり得ないことではないかもしれないと思い至ったからだ。

あのマイペースなリゼルたちでさえ振り回されるのが迷宮という未知の存在、ならば何が起こってもおかしくはないのかもしれない。

「いや待て、そもそも海兵団は海賊じゃないぞ」

「似たようなもんだろうが」

「それは……まぁ、見ようによってはそうなんだが」

略奪船から略奪することを正義だと豪語する連中なので、襲撃から船を守る光景はどちらがならず者なのか分からなくなるのも事実。だが波を読む目も腕っぷしも一級品、更には身内に対しては情に厚いので、〝九割海賊〟だの〝海賊を反面教師にした海賊〟だの言われながらも慕われている。

本当に、ただ言動がひたすら海賊というだけで。

「それにアレだろ、海兵団の前にもう漁師が手ぇ出してんだろ？」

初耳だ。思わず眉間を押さえる。

「……それは、何処からの」

「本人だよ、本人。密漁船だと思って船底に穴開けようとしたんだと」

「それなら……いや、良くはないな。怪我はなさそうだったか？」

「自慢の銛《もり》でも歯ぁ立たなかったって元気に笑ってたぞ」

アスタルニアの民は何故にこれほど好戦的なのか。

ナハスもそれほど人のことは言えないが、流石に不審船にいきなり殴りこむ真似はしない。

そうしている内に、また新たな冒険者がギルドへとやって来る。

「おう親父、なんか全然人いねぇんだけど」

「てめぇらまんまと出し抜かれてんなぁ。海賊船だ海賊船、港行け！」

「はァ⁉」

「くっそ出遅れた……ッ」

「稼いでこいよ！」

冒険者たちはやはり、踵を返すなり猛烈な勢いで駆けていった。

その背に声を張り上げる職員に、ナハスはふと疑問を抱いて問いかける。

「依頼は大丈夫なのか？」

「馬鹿野郎、何年振りだと思ってんだ。行かねぇと勿体ねぇだろうが」

「確かに前回は随分と前だったらしいな」

「だろ。それに、ここらでアスタルニアから踏破者出してもらわねぇとな！」

そんなものか、と納得しながら隣にいるパートナーの喉元を撫でた。

ちなみにナハスはこの後、予想どおり港の警備に宛がわれ、現場の歩兵団と海兵団との連携をと

るべく現地で話し合うこととなる。

そのすぐ後ろでは、少年心を隠そうともしない宿主が大興奮で友人らと共に海賊船見物に訪れていた。

CASE3：サルス

冒険者ギルドにそれを知らせたのは自警団の一人であった。

第一発見者は朝釣りに出向こうとしたご老人。自らと同じく年寄りの小舟が待つ桟橋へ、肩に竿《さお》を担ぎ、片手に魚籠《びく》をぶら下げながら歩いていたという。目の前に現れた海賊船に、彼は流石の年の功、人生の内に何度か目にしたことがあったために腰を抜かさずに済んだのは幸いだろう。

翁は往路と変わらぬ歩調で来た道を戻り、欠伸交じりに見回り交代をしていた自警団員に声をかけた。

実はそれから男団員たちによる仁義なき戦いがあったのだが、ギルドの受付嬢の中に友人のいる女自警団員が知らせにいく権利を勝ち取った。下心のない立候補というのは甚《はなは》だ強い。

「お知らせ有難うございまぁす！」

「あんた普通に喋っていいよ」

「ですが仕事中ですのでぇ……、……やっぱちょっとキツイわ」

「難儀だねぇ」

机に突っ伏した職員の頭を、自警団員がよしよしと撫でる。

開業準備中の冒険者ギルド、室内は多少の忙しなさがあるものの、冒険者に溢れている時と比べれば十分に落ち着いている。冒険者ギルドは、準備中だろうが関係なく冒険者が入ってくる所と、完全に準備を終えてから扉を開く所がある。サルスのギルドは後者なので話を聞く時間はしっかりとれていた。

ちなみにアスタルニアはがっつり前者。パルテダも前者ではあるのだが、スタッドが早々に準備を始めて手早く終わらせるので結果的に後者となっている。

「えー、どうしよ、海賊船？」

「依頼減らないじゃん」

「黙っときゃ良いんじゃない？」

「情報出回らない内にとにかく捌こ」

職員は突っ伏していた顔を持ち上げた。

自警団員からの知らせ以降、やや忙しなさを増した姉たちが背後を行ったり来たりしている。ならば自分も動かねば、と立ち上がりかけていた彼女の肩を、姉の一人が通りすぎざまに押さえていった。

「折角だから話しててていいよ」

「え、ありがとと」

受付では常にワンオクターブ高い声も、仕事中でなければ音もテンションも低い。

だが友人である自警団員はこちらのほうが聞き慣れているので、特に気にした様子はなかった。

「あんたもお姉さんたちも、なんかちょっと嫌そうじゃない？」

「仕事片づかないのは誰でも嫌でしょ」

「そりゃそうなんだけど」

むにむにと下唇を揉みながら告げる自警団員は、どうにも納得がいかないようだ。

職員はそれを見て、別に守秘義務がある訳でもないしと渋々口を開いた。

「海賊船っていうか、それ関係で嫌な思い出があるんだよね」

「ん、何？　冒険者？」

「ううん、よその職員、冒険者ギルドの」

「感じ悪かった？」

「悪かったどころじゃないよー」

頬杖をついた腕から顎を落とし、込み上げつつある忌《い》まわしい記憶から意識を反らす。

嫌な思い出ほど反芻《はんすう》してしまうのは何故なのか。おかげですっかりと忘れることができない、と職員は肩を落とす。今すぐ趣味である洋裁に没頭したい気分であった。

「会うと自慢しかしないし」

「プライド高い系ね」

「それだけなら流せるけどこっちのやり方にも口出してくるし」

「プラス上司気取りの勘違い系」

「その割に誰に対しても下心丸見えだし」

「流石はギルドの才媛《さいえん》たち、うちに内部分裂を引き起こさせるだけある」

「何それ」

「さっきあったばっか」

男たちの仁義なき戦いは雑な会話のネタにされた。

「なんか、全部が嫌味なんだよね。馬鹿にされてるなーっていうのが分かるっていうか」

「絡まれた時は冒険者に助けてもらったら？　頼めばエイヤッてやってくれんでしょ？」

「エイヤッて首を捩じ切る人がいないとも限らないから……」

「ふぅん、確かに、そこまでの悪人かって言われると微妙か」

どんな相手も「首を捩じ切るほどではないな」と思えれば苦手意識も遠ざかるというものだ。

実際に首を捩じ切れるかどうかは別として、自分の中で一気に問題が矮小化《わいしょうか》する。些細なことだと気にかけなくなる。いつでもどんな相手でもそう思える訳ではないが、職員は例の嫌味職員と対峙《たいじ》する時はいつも胸にこの思想を抱いている。

ついには二人の会話が聞こえていた姉たちへも愚痴の波は広がった。

「あいつ本気で何？」

「呼んでないのに来んの謎なんだけど」

「父さんいない時狙ってくんの怖すぎ」

「渡すものがあるとか普通に郵便ギルド使ってほしい」

サルスの冒険者ギルドが誇る花々の憂いに、自警団員は首を解《ほぐ》しながらも思案する。

「なんでそいつが海賊船と繋がんの？」

「あー……相手の持ちネタっていうか。うちから海賊船の踏破者が出たぞ、自分の指導の賜物《たまもの》だな、ついでにそれと比べてサルスのギルドはどうこうっていう」

「ギルド職員って指導することあるんだ？」

「知らなーい」

その返答すなわち、職員が冒険者に指導することなんて何もないという意。

ギルド職員が冒険者に何を授けるというのか。強いて言うなら仕事を授けている。

確かに上位ランクともなれば、貴族相手に辛うじて実刑を受けない程度の接待講座がギルドであるが、捻りだしてもそれくらいだろう。ちなみにこの接待講座、国ごとに差がありすぎて役に立たないと上位の冒険者の間でもっぱら評判になっている。

だが海賊船攻略において、接待講座が何に役立つというのか。

万が一にも役に立つことがあったとして、嫌味に嫌味を重ねるような人物が教えた接遇が何の役に立つというのか。

「プライド高くて勘違い系で、しかも見栄っ張りってわけだ」

「そう。それに、指導っていうならうちのほうが――」

職員が言いかけた途中、ギルドの扉が開く。

もうギルドを開けるような時間になっただろうか。いやまだ始業前のはずだ。そう慌てた職員と、少しばかり驚いたような自警団員が扉を振り返る。

「よう、嬢ちゃんら。今日も元気か？」

現れたのは、老年ながら鍛え抜かれた体格を持った老輩だった。

その背中にあるのは武骨で巨大なバスターソード。重量のあるそれを背負い、更には隻腕であっても尚、彼の体幹には少しのブレもない。

ひと目で分かるような、威風堂々とした実力者であった。

「あ、お世話になっておりま」

「お世話になっておりまぁーーす！」

職員の即座に切り替えたワンオクターブ高い声に、同じくワンオクターブ高い声を重ねたのは姉の一人。彼女は立ち上がりかけた職員の肩を押さえつけ、素早く真横を駆け抜けるやいなや老輩の元へと駆け寄った。

「ここの婆さんに呼ばれたんだが、ちと早すぎたか？」

「とんでもございません、朝からその精悍《せいかん》なお顔立ちを拝見できて私、とても嬉しいです」

「お前はいっつも大げさだなぁ」

「もう、そんなつれないことおっしゃって、そこも素敵ですけれど」

姉からハートが飛び散っている。

いつものことだと姉妹は誰も気にしない。唯一人、自警団員だけが感心したように老輩を眺めている。

「凄いね、腕が立つってひと目で分かる」

潜められた声に、職員は少しばかり自慢げに口元に手を添えた。

「元Sランクの冒険者だからね」

「ああ、彼が。この国にいるらしいっていうのは聞いてたけど」

「詳しくは知らないけど、うちのお婆ちゃんが声かけたんだって。時々冒険者の剣術指導もしてくださってて、見たことあるけど訳分かんないくらい強かった」

「だろうと思うよ」

「それとうちの老け専お姉ちゃんが猛アタック中」

「それも見たら分かる」

小声で笑みを零し合う。

そんな二人の視線の先では、恋する乙女の顔をした姉が赤く染まる頬をそっと押さえていた。

「これほど交際してほしいと申し上げておりますのに」

「やめとけやめとけ、うちの婆さんは怖《こえ》ぇぞ」

「あの素敵な奥様に勝とうなんて考えたこともございません。ぜひ、第二夫人に」

「俺にゃあ馴染みのない文化だな、そりゃ」

老輩は片頬を歪ませ、覇気に満ちた笑みを浮かべる。

それは酷く人間的な魅力に満ちた笑みだった。数多を見て、幾多を聴き、あらゆる人間に出会い、あまねく経験を経た末に浮かべられる。恋慕《れんぼ》がなくとも、誰もが惹きつけられるだろう笑みだった。

当然、恋する姉は口も利けずにこれでもかと瞳を蕩《とろ》けさせている。

「ちょいと訓練場借りるぞ、婆さん来たら呼んでくれ」

「承知いたしました……ッ……ッ」

それでも辛うじて言葉を返した姉は、流石のプロ職員だ。

職員はそんな姉の姿を眺め、扉の向こうに消えていく広い背中を見送って、いまだ囁き合うような距離にいる友人へと視線を戻した。短く切り揃えられた髪が凛々《りり》しい輪郭を縁取っているのを見て、ふと次の服造りの構想が湧いてくる。

忘れない内にメモしたいなと、彼女は浮かんできたそれらを胸に刻みつけながら、なんとなしに補足を口にした。

「そういえば、彼が元Sっていうのも敢えて広めてはないんだよね」

「そうなんだ?」

「うん。だから指導を希望する冒険者もそんなにいなくて」

「へぇ、勿体ない。それなら自警団の剣術指南も頼んでみようかな」

「あ、確かに引き受けてくれそ……う……」

職員の動きが止まる。

疑問を浮かべる自警団員は直後、背後に気配を感じて振り返ろうとした。

だが、そっと肩に触れた白魚のような手に動きを縫い留められる。力では勝っているはずにもかかわらず、ぴくりとも動けない。いや、あまりの恐怖に動こうという気概が削がれているのだ。

「私、あの方の自由な気風が好きなの」

吐息の届く距離で、耳元に囁く声がある。

熱を孕んだ言葉とは裏腹に、その声は冷たく凍てついていた。肩に触れる手も、首筋にかかる吐息も、生暖かさなど微塵も感じない。まるで氷像に抱き着かれたように背筋に震えが走る。

「それでも嫉妬《しっと》してしまう、私のこの醜さをどうか許してちょうだいね」

職員は自警団員の背後を見つめたまま震えていた。

自警団員は震える職員を見下ろしたまま身動きをとれずにいた。

「ほらギルド開けるよー、海賊船の〝か〟の字も出さないようにね」

「はい！」

「私も見回りしてくる！」

別の姉からの声かけを、天の助けとばかりに二人はその場から飛びのく。

そうして危機を乗り越えた職員だが、それほど依頼が減らない内に海賊船出現が広がってしまい歯を食いしばる羽目となる。


だが、その後。

彼女たちはリゼルたちが海賊船に向かうことを決める光景を目撃し、心の底から沸いた。リゼルたちがギルドを出た直後、冒険者ギルドがダンスフロアと化すほどに全員沸いた。

冒険者は軒並み海賊船に向かったので誰に憚《はばか》ることもない。不意打ちで依頼人が顔を出すも、依頼人は即座に何事もなかったかのように業務に戻る職員らを見て、たまたま背負っていたコンガをギルドの中でかき鳴らしてみせた。

途端にフロアは盛り上がりを取り戻す。

「ついにっ、サルスからっ、海賊船のっ、踏破者が出る！」

「あのクソ嫌味野郎の命日だー！」

「あいつマジでそれしか自慢話ないから――！」

「なんか知らんがおめでとう！」

職員たちは余りに余った依頼用紙を手に踊り狂い、気が済むと極々普通に依頼申し込みの手続きを終わらせ、早々にギルドを閉めるやいなや海賊船の待つ桟橋へと駆け出したのだった。

そんな彼女たちが、海賊船から戻ってきたリゼルたちを出迎えた時のテンションの高さは言うまでもなく。誰一人として踏破確認しなかったが、結果的にリゼルたちがしっかりと踏破していたので気まずい空気にはならずに済んだ。

あとがき

骸骨を異形とみなすのかは然《しか》るべき学会に任せるとして、異形はロマンですよね！

異形頭と最高のスタイルとの組み合わせは王道かつ至高。多腕の一本一本には持ち主の性格が強く表れ、下半身キメラともなると知恵を持つ人の上半身と獣である下半身とのギャップにときめいて仕方ありません。世界観的に休暇では下半身キメラを出せないことに今日も涙をのみ込む日々。

そんな自分の性癖に振り回されっぱなしの岬です、お世話になっております。


実は今巻の海賊船回は、十四巻の電子書籍特典SSと同じテーマで書いております。

特典SSの文字数では海賊船欲を満たしきれず、小説家になろうの活動報告にて同じようなテーマでもう一話書いていいかと読者さんに伺ったところ、快《こころよ》く「いいよ！」と言っていただけたので大喜びで書かせていただきました。休暇の読者さんは世界一。

休暇の迷宮回はいつも楽しんで書いておりますが、この度は特に楽しく書かせていただきました。それは作中でイレヴンが言っていたように、迷宮〝海賊船〟がイベントステージのようなものだったからです。

迷宮内で冒険者同士会話できるというのは休暇世界的に本当に異例中の異例で、果たしてそれを許していいのかと悩んだ末に、逆にこれでもかというほど特別感を強調した期間限定の迷宮となりました。

リゼルたちのことを知らない冒険者、リゼルたちがまだ訪れたことのない国の冒険者、そのあたりとも交流させてあげたかったのですが、それはそれでいろいろな弊害が発生しそうなので今回は見知った国ばかりに迷宮に出現してもらいました。既知の冒険者たちが物凄く喋るので十分すぎるくらい充分だったとは思います。モブ冒険者に喋らせると、本当に本一冊分そのシーンばかり書けるくらいモブメンバーが大好きです。

ここまでついてきてくださった皆さまなら、きっと分かってくれるはず……！


今巻もたくさんの方のご協力があり、皆さんに書籍をお届けすることができました。

書籍以外のあらゆるイラスト関係を監修してくださるさんど先生。たとえ締め切りを過ぎようが決して怒らない仏のような編集さん。どこまで休暇を連れていってくださるのかTOブックスさん。そして、本書を手に取ってくださったあなたへ。

リゼルたちの休暇をのんびりと眺めて楽しんでくださり、有難うございます！

二〇二三年四月　岬

著 岬
ill. さんど
TVアニメ化決定！
穏やか貴族の
休暇のすすめ。
A MILD NOBLE'S
VACATION SUGGESTION

シリーズ累計150万部突破！（紙＋電子）
NOVELS
※19巻書影
19
穏やか貴族の休暇のすすめ。
原作小説 第20巻
イラスト：さんど
2025年春発売予定！
COMICS
※11巻書影
11
穏やか貴族の休暇のすすめ。
コミックス 第12巻
漫画：百地
2025年春発売予定！
AUDIO BOOK
TOブックス
Audio Book
朗読：斉藤壮馬
第8巻
オーディオブック 第8巻
2024年11/25配信！
SHORT STORIES
休暇のすすめ。
短編集 ①～②巻
イラスト：さんど
好評発売中！
GOODS
カップ＆ソーサー
好評発売中！
Noritake コラボ
DRAMA CD
ドラマCD 第5巻
休暇のすすめ。
好評発売中！
RADIO DJCD
ラジオDJCD
ラジオのすすめ。
好評発売中！
詳しくは公式HPへ！ 新グッズ続々発売中！

2025年1月から
テレ東・BSフジほかにて
TVアニメ放送開始!!
U-NEXT・アニメ放題で最速配信決定!
没落予定の貴族だけど、
暇だったから魔法を極めてみた
©三木なずな・TOブックス／没落貴族製作委員会

COMICS

［漫画］秋咲りお

最新話はコチラ！➡

コミックス⑨巻
今冬発売予定！

NOVEL

［イラスト］かぼちゃ

原作小説⑨巻
10月19日発売予定！

SPIN-OFF

［漫画］戸瀬大輝

最新話はコチラ！➡

「クリスはご主人様が大好き！」
コミックス
今冬発売予定！

ANIMATION

STAFF

原作：三木なずな『没落予定の貴族だけど、暇だったから魔法を極めてみた』（TOブックス刊）
原作イラスト：かぼちゃ
漫画：秋咲りお
監督：石倉賢一
シリーズ構成：高橋龍也
キャラクターデザイン：大塚美登理
音楽：桶狭間ありさ
アニメーション制作：スタジオディーン×マーヴィージャック

CAST

リアム：村瀬 歩
ラードーン：杉田智和
アスナ：戸松 遥
ジョディ：早見沙織
スカーレット：伊藤 静
レイモンド：子安武人
謎の少女：釘宮理恵

詳しくはアニメ公式HPへ！
botsurakukizoku-anime.com

シリーズ累計 80万部突破!!（紙＋電子）

「白豚貴族ですが前世の記憶が生えたのでひよこな弟育てます」TV

NOVELS

第13巻
2025年
発売！

※第12巻カバー　イラスト：keepout

TO JUNIOR-BUNKO

第5巻
今冬
発売予定！

※第4巻書影　イラスト：玖珂つかさ

STAGE

第2弾
DVD好評
発売中！

購入は
コチラ▶

AUDIO BOOK

第3巻
好評
配信中！

穏やか貴族の休暇のすすめ。17

2023年　5月1日　第1刷発行
2024年10月1日　第2刷発行

著　者　岬

編集協力　株式会社MARCOT

発行者　本田武市

発行所　TOブックス
〒150-0002
東京都渋谷区渋谷三丁目1番1号　PMO渋谷Ⅱ　11階
TEL 0120-933-772(営業フリーダイヤル)
FAX 050-3156-0508

印刷・製本　中央精版印刷株式会社

ISBN978-4-86699-772-8